Le mois de septembre

בס"ד לישראל

באהד לרשם"ד

David Wasserstein

Paris 1988

FRÉDÉRIQUE HÉBRARD | *ŒUVRES*

En collaboration avec Louis Velle
LA DEMOISELLE D'AVIGNON

Frédérique Hébrard

Le mois de septembre

Éditions J'ai lu

A LUCE, luce dell'amicizia.

CHAPITRE PREMIER

C'était la fin du mois d'août.

Nous étions rentrés de vacances depuis quelques jours et nous nous étions installés dans notre moulin de Chauvry.

Depuis longtemps, la roue ébréchée du moulin ne tourne plus sur le ruisseau. Devant la maison, il y a un horizon assez vaste pour faire oublier la proximité de Paris, un soupçon de collines blondes et vertes, la masse reposante de la forêt de Montmorency... Dans le jardin, il y a une table de pierre. Sur cette table, François et moi, nous avons pris mille tasses de thé dans l'odeur d'essence de mes pinceaux, entre deux phrases de ses romans. C'est pour ce silence, cette verdure, cette fraîcheur que, dès le mois de mai, nous venons dormir à Chauvry. Nous quittons les feux rouges pour les étoiles et, le matin, le soleil nous réveille par la fenêtre ouverte.

François est mon mari. Il me semble que c'est à cause de lui que j'aime tant peindre le vert des arbres et les ponts de la Seine. J'avais vingt ans quand je l'ai rencontré. J'en ai vingt-sept aujourd'hui. Pendant six ans, nous avons ri des mêmes histoires, dormi du même sommeil, respiré du même souffle. Je cherche d'autres mots pour dire ce que nous étions l'un pour l'autre. Mais le bonheur ne se raconte pas, et c'est là que commence mon histoire.

Mon histoire ? L'histoire rapide d'un mois de septembre. Un petit morceau du temps... Mais son souvenir fait partie de moi et la marche des saisons ne peut ramener les soleils d'automne sans que je retrouve cette saveur douce-amère qui fit tant battre mon cœur.

Nous avions passé un mois à Cap-Ferrat avec Élizabeth, notre fille. Élizabeth avait trois ans et le plus délicieux caractère du monde. La mer l'avait dorée comme une petite caille passée au four. Toute la journée, je mélangeais l'ocre et le blanc pour trouver la teinte de son corps nu dans le jardin. Je refaisais ma fille sous le saule, devant les groseilliers, au bord du ruisseau, dans le pré... et jamais je ne trouvais cette teinte de bon pain, jamais je ne rendais ces fossettes du coude et des joues... François rentrait pour dîner et se penchait sur mon épaule.

— Encore Élizabeth ?

Il m'embrassait la nuque, le cou, l'oreille.

— Pas tous les baisers pour maman ! criait la petite fille.

Je rangeais mes pinceaux et je montais dans ma chambre pour changer de robe. François me suivait et s'asseyait sur le lit.

— Alors ? lui disais-je.

Et il me racontait sa journée.

Depuis trois ans, François dirige une collection aux Éditions du Siècle. Ce fut le cadeau d'Élizabeth à sa naissance. Il nous permit d'acheter les vieilles pierres du moulin. Nous avons cessé d'être pauvres. Nous avions un enfant et une maison. Un chien perdu entra, il fut baptisé Aristide et ne s'en alla plus. Le moulin était délabré. Il pleuvait dans le grenier. François publia un roman, Patrice Levan fit une exposition de mes toiles à sa Galerie, et le moulin eut des tuiles neuves. J'ai peint tous les murs, j'ai gratté tous les parquets, j'ai astiqué tous les meubles... les maisons aimées deviennent vite des maisons de famille. Il nous semble, à François et à moi, y avoir fait nos premiers pas comme Élizabeth.

Pendant la belle saison, par amour pour Chauvry, François groupe ses rendez-vous du lundi au vendredi matin. Souvent, je l'accompagne et nous déjeunons ensemble comme des étudiants. Il appelle cela me faire la cour. Mais s'il fait beau et si je me sens en forme, je reste au moulin et je peins toute la journée.

Mon Dieu! comme cette vie me paraissait simple...

Nous savions que nous étions heureux. Mais on ne peut se répéter à longueur de journée en regardant son enfant, son chien, sa maison et l'homme que l'on aime : « Je suis heureuse, je suis heureuse... » On s'habitue. Et puis, « je suis heureuse, je suis heureuse »..., cela fait une petite musique qui endort et qui finit par ne plus rien vouloir dire... par ne plus rien vouloir dire jusqu'au jour où l'enfant est malade, où le chien meurt, où la maison est vendue, où l'homme que l'on aime ne se penche plus sur votre nuque, le soir, auprès de la table de pierre, dans le jardin...

*
* *

En cette fin de vacances, l'atmosphère était très calme aux Éditions du Siècle. Puis, un soir, François me demanda en s'asseyant près de moi :

— Sais-tu qui arrive ?
— La Panthère de Mantoue !

Il éclata de rire. J'avais deviné.

Il s'agissait de Sandra Tiepola. Un seul film d'elle était alors entré en France : « La Panthère de Mantoue ». Dans un Moyen Age de fantaisie, une favorite du Prince de Gonzague déchaînait la haine et la trahison. La guerre civile, la famine, une épidémie de choléra et la clémence du Prince mourant ouvraient à la charité les yeux de la Panthère qui, moulée dans une robe de bure, se recommandait à Dieu sur un monceau de cadavres.

Nous avions vu ce film avant les vacances. Il resta environ trois jours sur les Champs-Élysées. Ce n'était pas le film qui nous avait attirés, mais Sandra Tiepola. On ne parlait que d'elle aux Éditions du Siècle, depuis que Sylvain Verneuil, le directeur, avait ramené de Rome « *La ragazza è la decima Musa* ». Toute l'Italie avait lu l'histoire des débuts de la jeune actrice, toute l'Italie l'enviait et l'adorait. Les intellectuels soutenaient qu'une aussi belle créature était incapable d'écrire. Mais les lecteurs ne s'en souciaient pas. Peu leur importait que le prince romain, le vieux professeur de grammaire ou la femme de lettres impécunieuse dont on murmurait les noms aient écrit le livre. La signature de Sandra Tiepola y figurait comme sur les photographies qu'elle envoyait à ses admirateurs. Leur nombre croissait de jour en jour, mais elle n'était encore qu'une *ragazza* parmi les délicieuses *ragazze* du cinéma italien. Pour atteindre la vraie gloire, il fallait que son nom passe les frontières, soit déformé par des bouches étrangères.

« Je prends un risque ! » avait dit Sylvain Verneuil en achetant les droits de son livre. En réalité, il était parfaitement tranquille. Inconnue en

France, Sandra Tiepola ne le serait plus après la sortie de son dernier film. Verneuil l'avait vu à Rome, à une projection privée.

« Elle les éclipse toutes ! » disait-il, avec l'enthousiasme du Monsieur qui a des intérêts dans l'affaire.

Il s'était arrangé pour que le livre fût en librairie au moment de la venue du film. Il avait confié la traduction de « *La ragazza* » à François. Je m'étais toujours émerveillée de l'entendre parler italien. Je ne savais pas encore quelle importance ce don allait avoir dans ma vie.

En passant la douane, « *La ragazza è la decima Musa* » était devenu « Sandra et le Septième Art ».

« — Donnez-moi trente-cinq livres de tagliatelle, s'il vous plaît. »

C'était la première phrase du livre. Sandra Tiepola, fille aux pieds nus d'une pauvre famille sicilienne, venait d'entrer dans une *panetteria*, un matin de ses quinze ans. Un monsieur qui achetait des *pizze* se tournait vers elle et lui disait :

— Voulez-vous faire du cinéma ?

— Bien sûr, répondait-elle.

Et cette histoire était vraie.

Quelques années s'étant écoulées, Sandra avait un appartement à Monte-Mario et son nom en lettres de néon sur les façades des cinémas. Elle connaissait Punta del Este, Cannes, Venise, Berlin, Cork et Locarno. Elle s'était inclinée devant des altesses authentiques. Elle avait dîné avec de gros rois en exil moins distingués que son humble père. Il n'était pas question de ce que faisaient le papa, la mamma, les sorelle et le fratello, avant l'arrivée de sa fortune. Ils étaient pauvres. Fainéants et adorés, on les retrouvait au long des pages, se reposant dans des hamacs des fatigues de Sandra. Jamais il n'était question d'amour. La famille et le travail. Elle concluait, du reste, en disant que rien n'était plus beau que la réussite quand elle permettait de faire le bonheur des siens.

Quand il eut commencé la traduction, François reçut souvent des coups de téléphone de Rome. La voix de la Panthère s'informait avec une sollicitude aiguë de l'état de son travail. Et un jour, elle téléphona :

— *Arrivo!*

Le lendemain, elle était là.

Jamais les histoires de François ne me parurent aussi divertissantes qu'à ce moment-là. Chaque soir, ses récits me faisaient rire un peu plus que la veille. A travers ses propos, j'avais du mal à me représenter la jeune femme. Seule restait une impression d'amusement et de fête.

Puis, nous ne l'avons plus appelée « la Panthère » et, sans la connaître, j'ai été gagnée par l'amitié que François lui portait.

*
* *

Nous vivions sur une telle habitude de bonheur que je mis plusieurs jours à m'apercevoir que François était songeur. Je le crus d'abord tourmenté par un nouveau roman. Je lui posai quelques questions et je compris que je m'étais trompée. Alors, je me dis qu'il devait être fatigué par Sandra. Il avait été trop patient, sa gentillesse avait dû dépasser ses forces. Il me parlait moins d'elle. Je regardai mes pinceaux en songeant à mon égoïsme. Je décidai de retourner à Paris, pour plusieurs jours. Je me livrerais à Sandra et sauverais mon mari des corvées que lui imposait cette trop encombrante jeune femme. Le soir même, j'en parlai à François.

Je ferme les yeux et je revois la scène... Je sens l'odeur mouillée du jardin qu'une ondée avait rafraîchi. C'était le trente août. Le premier feu de bois craquait dans la cheminée. Un de ces feux pour rire qui font plaisir pendant les vacances d'été. Le bois était humide et crachait de petites bulles vertes. Aristide, le poil trempé, dormait à mes pieds.

— Au fond, cette Sandra, quel genre de femme est-ce ?

— Quel genre de femme ? répéta François. (Il rêva un peu, puis son visage parut éclairé par la lueur du feu.) Mais elle est merveilleuse ! dit-il simplement.

Je me sentis mauvaise et je ne sus pas pourquoi. Je regardai mon mari avec curiosité :

— Elle est très belle ?

— Très, dit François.

— Raconte.

Il se mit à rire. Il semblait heureux :

— Il n'y a rien à raconter. Elle est belle, elle est saine, elle est vivante...

J'avais envie de me jeter dans ses bras, de poser ma bouche contre la sienne pour ne plus l'entendre me parler de Sandra. J'avais laissé tomber ma tête contre son épaule. Il me caressait les cheveux d'une main distraite. La main qu'il avait pour Aristide. Et ce nom revenait à toutes les phrases : « Sandra, Sandra, Sandra... » Puis il repoussa doucement ma tête :

— Il est tard. Je meurs de sommeil.

Je suis restée avec le chien. Ses yeux me disaient :

— Tu ne vas pas dormir avec le maître ?

L'ordre du monde lui semblait bouleversé.

— Il ne m'aime plus, Aristide, il ne m'aime plus. Il aime une fille brune qui parle une langue que je ne comprends pas.

Des détails me revenaient à la mémoire :

— Il ne m'a pas dit avec qui il a déjeuné mercredi... C'était avec elle ! Il l'accompagne partout sous prétexte qu'il est son traducteur et qu'il représente son éditeur... mais en réalité, c'est parce qu'il est heureux d'être avec elle ! Il est rentré à deux heures du matin avant-hier... il était avec elle !

François. Sa façon d'aimer que je croyais devenue mienne. Les yeux, les mains, la bouche de François. Depuis dix ans, j'aurais dû penser que cela arriverait un jour. Et cela était. J'avais là l'explication de sa subite mélancolie. Peut-être ne savait-il rien encore de précis sur ses sentiments, peut-être ne se doutait-il pas qu'il l'aimait... J'avais envie de crier, de partir, de pleurer, d'appeler François à mon secours. Mais il fallait que mon tourment cesse. Je ne pouvais vivre avec cette image de François amoureux d'une autre femme. François amoureux de la Panthère de Mantoue... Quelle dérision ! Mais il ne l'aimait pas, ce n'était pas possible. Il était peut-être son amant...

Je rougis comme une petite fille.

Comme tous les soirs, j'ai mené le chien à sa niche. J'ai fermé la maison d'un tour de clef. J'ai bu un verre de lait à la cuisine. J'ai entrouvert la porte d'Élizabeth. Ma fille dormait comme une petite bête tranquille. Je suis restée longtemps dans la salle de bains. Je suis entrée dans notre chambre comme une voleuse. J'espérais de tout mon cœur trouver François endormi. Je me suis glissée dans le lit.

— J'ai cru que tu ne viendrais jamais, mon amour.

Je savais qu'il m'aimait et je faillis pleurer. Sa main chercha la mienne et ne trouva qu'un petit poing fermé. Mais, doucement, il se mit à caresser mes doigts. Sous cette caresse familière, ma main s'ouvrit.

DEUXIÈME CHAPITRE

Le lendemain matin, en faisant paresseuse-
ment ma toilette, je décidai d'aller chercher
François à son bureau pour déjeuner. Il n'était
nullement question d'aller le surprendre ou de
le surveiller. Non, la nuit avait dissipé mes
inquiétudes. J'avais simplement envie de le voir,
de savourer son sourire quand il me verrait
entrer, de déjeuner, en face de lui, à la terrasse
ensoleillée d'un restaurant. De temps en temps,
il me ferait un clin d'œil, il poserait sa main sur
la mienne et nous serions heureux. Je confierais
pour la journée la maison et Élizabeth à notre
vieille Hortense.

J'ouvris la fenêtre de la salle de bains et le fracas de l'eau qui coulait dans la baignoire se perdit dans l'air bleu du jardin. Devant la porte de
la cuisine, Hortense écossait des petits pois tout
en surveillant Élizabeth qui jouait au bord du
ruisseau. La petite fille jetait des regards furtifs
vers la maison et trempait son pied nu dans
l'eau.

— Je te vois, disait Hortense, tu es polissonne
et tu vas t'enrhumer.

— Je m'amuse, mais je me mouille pas, disait
la polissonne.

— Si tu viens près de moi, je te raconterai
« Cheveu d'Or ».

Élizabeth quitta le ruisseau et se dirigea en

sautillant vers la maison. Je me penchai par la fenêtre :

— Hortense, je vais à Paris, déjeuner avec Monsieur.

La vieille femme leva la tête :

— Madame et Monsieur rentrent pour dîner ?

Je n'y avais pas pensé. François voudrait peut-être sortir. Je me sentis l'envie de faire des folies.

— En principe, nous rentrons. Mais peut-être vous téléphonerai-je dans l'après-midi.

Je fermai la fenêtre et la rouvris pour prier Hortense de repasser mon tailleur bleu.

Je quittai ma chemise de nuit en songeant que c'était le premier voyage que je faisais à Paris depuis notre retour de vacances. Je m'aperçus dans la glace. Je me trouvai jolie. Je souris en me glissant dans l'eau. Le bain était délicieux. Le soleil jouait sur l'eau à travers la vitre et je me préparais à rejoindre mon amoureux.

Évidemment, le tailleur bleu était un peu habillé pour l'autocar de Chauvry. Mais il serait parfait pour le déjeuner et suffisant pour une sortie nocturne.

Devant la cuisine, Élizabeth écoutait l'histoire de Cheveu d'Or. Elle leva les yeux vers moi et dit avec admiration :

— Oh ! tu es toute bleue !

Je la fis sauter dans mes bras, l'embrassai et la reposait par terre.

— Bonne journée ! répondis-je gaiement en quittant le jardin.

Sur la route un cycliste m'envoya un baiser et je lui souris.

Il n'était pas midi et demi quand j'entrai dans le bureau de François. Mlle Reine, sa secrétaire, eut l'air étonné en me voyant. François venait de partir déjeuner avec Sandra.

16

— Vous l'avez manqué de quelques minutes.
Je me sentis stupide.

— Il va être navré, poursuivit-elle. Encore, si
je savais où le joindre. Mais il m'a seulement dit
qu'il serait aux Gens de Lettres à quatre heures.
On peut l'appeler là en cas de nécessité. Il a une
commission...

Je n'écoutais plus ce qu'elle disait. Quelques
jours plus tôt, j'aurais laissé voir mon mécontentement sans arrière-pensée. Les choses étaient
alors sans prolongement. Un déjeuner manqué
avec François était un déjeuner manqué. Seul le
hasard m'aurait paru responsable de ce contre-
temps. Et, à quatre heures, j'aurais téléphoné à
François pour prendre rendez-vous.

Mais, ce jour-là, c'était le premier septembre.
Je n'avais plus l'inconsciente assurance des
gens heureux. Je m'appliquais à prendre les choses avec naturel. Et cette application me mon-
trait à quel point j'étais bouleversée. François
m'apparaissait comme un être nouveau, extrêmement puissant, et que j'avais cru connaître
pendant des années...

Mlle Reine s'était tue. Je lui souris car elle
avait l'air ennuyée. J'ai dit :

— Merci, mademoiselle Reine, au revoir, mademoiselle Reine, et je suis partie.

J'ai déjeuné dans une brasserie qui sentait
l'eau de vaisselle. Je ne pensais à rien. Un peu
à ma journée gâchée. J'aurais pu passer quai des
Grands-Augustins, pour aérer l'appartement.
J'aurais pu faire un saut à la Galerie de Patrice.
J'aurais pu faire des achats pour Élizabeth...
J'ai repris le car après le déjeuner. Je suis restée
debout pendant tout le voyage.

En poussant la barrière, au bout du jardin,
j'ai vu Hortense et Élizabeth, assises devant la

maison. La vieille femme lisait. Élizabeth, sur un tabouret, écoutait, le menton dans les mains, les coudes aux genoux.

— « ... tout le palais s'était réveillé avec la princesse : chacun songeait à faire sa charge ; et, comme ils n'étaient pas tous amoureux, ils mouraient de faim. »

Hortense et Élizabeth tournèrent la tête vers moi. Même devant Hortense, je voulais avoir l'air désinvolte. Je dis en riant :

— Pas de chance, bredouille !

— Madame n'a pas trouvé Monsieur ? C'est Monsieur qui va regretter ! me dit Hortense en fermant les « Contes » de Perrault.

Je me penchai vers Élizabeth :

— Papa et moi, nous avons joué à cache-cache, mon chéri.

— Et tu l'as pas trouvé ?

— Non.

— Il s'était bien caché.

— Très bien caché.

— Alors, maintenant, tu vas jouer avec moi !

— Non, mon joli canard, je vais te dessiner.

— Encore ! dit-elle avec un air navré.

Mais je n'entendis pas ce petit désespoir. Je voulais rattraper le temps perdu. Bientôt des feuilles déchirées jonchèrent le sol autour de moi. Mon crayon oubliait la petite fille.

— Maman, disait Élizabeth, maman, j'en ai assez, s'il te plaît, laisse-moi !

Je ne faisais rien de bon.

— Va jouer, lui dis-je.

Je ne pouvais pas dessiner. Je rêvais devant mon papier et mes pensées n'étaient pas belles. Je songeais à tendre un piège à François... En le laissant parler, je saurais peut-être la vérité... Il suffisait de se taire. Il y avait peu de chances pour que Mlle Reine ait eu besoin de l'appeler aux Gens de Lettres. Que ferais-je s'il me disait :

« J'ai déjeuné tout seul en vitesse » ?

« Non, François, je sais que tu mens. »

Où avait-il déjeuné avec elle ? Et qu'avait-il fait jusqu'à quatre heures ? Je rangeai brusquement mes affaires. Je me tairais. Je le laisserais parler. Je verrais bien s'il me dirait la vérité.

Mais quand la voiture s'est arrêtée devant la maison, j'ai eu honte de ma pauvre ruse. J'ai parlé la première.

— Je t'ai manqué de deux minutes, ce matin, pour déjeuner.

— Ce matin ? Tu es venue à Paris ? Si j'avais su ! A quelle heure es-tu passée au bureau ?

— Vers midi et demi.

— Je suis désolé. Sandra est venue me chercher. Je l'ai emmenée déjeuner chez Lasserre. C'est le seul jour où j'aie quitté le bureau avant une heure.

— Vous êtes allés chez Lasserre ?

— Oui. Elle voulait absolument voir le toit ouvrant, on lui en avait parlé à Rome. Elle l'a fait ouvrir trois fois ! Mais pourquoi ne m'as-tu rien dit ?

— Je ne t'ai rien dit parce que, ce matin, j'ai eu envie tout à coup de venir te retrouver.

— Pauvre chérie ! Alors, tu as fait tout ce voyage pour rien, je suis navré !

Il avait l'air sincère.

— La prochaine fois, téléphone, dit-il en montant dans sa chambre.

Il regrettait sans doute mon voyage manqué. Il n'avait pas été indifférent. Il n'y avait rien à lui reprocher. Mais, moi aussi, j'aurais bien voulu voir le toit ouvrant ! Je sentis que mon repos était fini et que la nuit et la matinée n'avaient été qu'une trêve. Jamais, auparavant, je n'avais observé François. Nous étions transparents l'un pour l'autre et, jusqu'à nos mouvements d'humeur, tout était manifestation d'amour. Nous vivions sans coquetterie et sans masque. Je lui disais : « Tu es un monstre » quand il laissait traîner ses cravates sur le lit ou quand il rentrait sans prévenir. Mais cela voulait dire : « Je suis heureuse d'avoir à moi ce monstre qu'est un bon mari. »

Je me sentais devenir infiniment prudente en devenant malheureuse. Plus jamais je n'oserais accabler François de questions. « Avoue-moi ! Jure-moi ! » sont des mots de femme tranquille. J'avais peur. Peur de savoir. Peur de le perdre. Peur de cet étranger dont j'étais amoureuse et qui, peut-être, ne m'aimait plus.

— Samedi prochain, nous donnons un cocktail pour le livre de Sandra, me dit François pendant le dîner.

Comme elle était présente !

— Son livre est sorti ? demandai-je.

— Il sortira la veille ou l'avant-veille.

Il leva les yeux sur moi : — Tu viendras ?

— Mais certainement, mon chéri... Comment faut-il s'habiller ?

— S'habiller ? dit François étonné. Mais peu importe. Tu sais toujours parfaitement ce qu'il faut mettre.

C'était vrai : jusqu'alors, j'avais toujours cru savoir. Je ne lui posais jamais de questions de cet ordre. Mais j'étais si tourmentée que, soudain, tout me devenait difficile.

Pour la première fois depuis que je connaissais François, je ne lui disais pas tout ce que je pensais. Parce que, pour la première fois, mon angoisse me paraissait fondée. J'avais déjà été jalouse. Mais François n'était pas de ces maris qui trompent leur femme par souci du qu'en-dira-t-on. Et je le sentais à moi. Quand je lui disais : « Est-ce que tu m'aimes ? » c'était parce que je savais qu'il pouvait répondre : « Oui. »

Quand je commençai à me poser réellement cette question, je me tus.

François s'était remis à parler :

— Verneuil est déchaîné. Il a invité je ne sais combien de gens à l'Élysées-Matignon.

— Où ?

— A l'Élysées-Matignon.

— Qu'est-ce que c'est que ça ?

— Tu ne connais pas ? s'exclama François comme s'il découvrait avec chagrin mon inculture. Mais c'est une sorte de club où vont les gens de cinéma, on en voit des photos partout, tout le monde en parle...

— Ça change les habitudes !

— Plutôt ! dit François en riant.

Je revoyais les dignes et hiératiques cocktails des Éditions du Siècle. Le buffet était dressé dans le grand hall de réception et les secrétaires faisaient les jeunes filles de la maison en promenant des assiettes de petits fours secs parmi les groupes d'élus. On invitait peu au Siècle, et, à l'encontre des autres maisons d'édition, uniquement des gens qui s'occupaient de littérature.

— Mais, si Verneuil invite tant de monde, il va dépenser son cher argent ?

— Il va même en dépenser beaucoup, dit François. Mais ça l'amuse. Je crois qu'il ferait n'importe quoi pour elle.

« Et toi, François, songeai-je, ne ferais-tu pas n'importe quoi pour elle ? »

Le jour du cocktail, je partis pour Paris avec François. Je passai la matinée quai des Grands-

Augustins avec la femme de ménage. J'allai de pièce en pièce à la recherche de mes souvenirs. J'avais vécu là, pendant des années, avec François, et je ne savais pas que de l'autre côté des Alpes mon malheur se préparait. Mon malheur ? Je haussai les épaules. Je ne savais rien. Je n'avais aucune preuve. Je subissais un climat, voilà tout. Je ne connaissais même pas Sandra...

— Faut-il que je fasse les carreaux, Madame ? me demanda la femme de ménage.

Je m'occupai avec elle jusqu'à l'heure du déjeuner. François m'emmena dans un petit bistrot, à deux immeubles de notre maison. Il était très excité.

— Tu ne peux savoir à quel point la couverture de « Sandra et le Septième Art » est jolie.

— Tu m'en as apporté un exemplaire ?

— J'ai oublié. J'ai tant de choses à faire, aujourd'hui ! Figure-toi un fond bleu...

— Qu'est-ce que tu commandes ?

— Hein ? N'importe quoi, ça m'est égal. Avec une petite photo adorable de Sandra...

— Je passe te prendre au bureau tout à l'heure ?

— Non. Il faut que je sois à l'Élysées-Matignon de bonne heure pour voir si tout va bien. Viens directement vers six heures.

Je me sentais invitée. Invitée par mon mari et une autre femme...

Après le déjeuner, je remontai à l'appartement. François allait sans doute la retrouver... Je me sentais fiévreuse. J'avais soudain hâte de la connaître. Je sortis un manteau et une robe couleur d'écaille blonde. La teinte était celle de mes cheveux et la soie faisait un petit soupir romantique à chaque pas. La jeune fille qui va à son premier bal n'est pas plus angoissée que je ne l'étais. J'avais attendu cinq heures et demie. Je craignais d'arriver la première. Mais, en regardant le carton que François m'avait laissé, je vis que le cocktail commençait à cinq heures.

Avenue Gabriel, en descendant de taxi, je rencontrai Patrice Levan.

— Chérie, me dit-il en relevant ma manche et en écartant mon gant pour baiser un coin de peau, vous avez l'air d'un gâteau de miel.

On ne peut pas imaginer le mal que se donne Patrice pour faire croire qu'il n'aime pas seulement les hommes. C'est un des derniers défenseurs de la galanterie. La compagnie des femmes lui est du reste agréable. Surtout si elles sont élégantes et distinguées, car il est snob. J'étais très heureuse de le rencontrer, j'ai de l'amitié pour lui et je préférais ne pas aborder seule le cocktail.

— Vous êtes blonde de cheveux, de robe, de peau. Vous devriez vous asseoir devant une glace et vous peindre, toutes affaires cessantes. Vous verriez que nous ferions fortune.

Les compliments font rire les femmes et les épanouissent. Patrice n'avait pas besoin de moi pour faire fortune. Moi, j'avais besoin de lui. Ma jeunesse et le mystère de mon avenir lui plaisaient. C'était un joueur dont les chevaux étaient de jeunes peintres.

— Vous avez bien travaillé à Cap-Ferrat ?

— Je crois.

— Il va falloir me montrer ça très vite.

Il posa sa main sur mon épaule et nous entrâmes dans le club. Je me vis dans les glaces de la porte. J'étais belle. Le petit groom me trouvait belle aussi et il enviait le monsieur qui m'accompagnait sans se douter que ce dernier l'aurait préféré à moi. Je souris au petit groom parce que j'étais belle. Je souris à Patrice parce qu'il me trouvait du talent. La vie me parut légère et je descendis l'escalier vers la salle d'où montait un bruit de voix.

Et je la vis.

Sur un fond de plantes vertes et de fleurs se tenait Colombine.

Elle était moins grande que dans mes rêves, mais mince et longue, avec une taille fine, des épaules rondes et une poitrine aussi riche que richement découverte. Elle avait cette peau sombre des filles de la Méditerranée. De grands yeux noirs, humides et émouvants. Ses cheveux bruns revenaient en petites vagues sur son visage et glissaient en une seule volute plus bas que son décolleté pourtant fort profond. Une robe de gaze d'argent à la jupe de danseuse, au corsage dérisoire, une robe insensée à cette heure de la journée, la désignait aux yeux de tous comme la reine de la fête.

Et puis aussi, François, qui était auprès d'elle.

Je n'avais pas bougé.

— Je vois déjà le portrait que vous ferez d'elle, dit Patrice à mon oreille.

Mais la perfection même de Sandra me décourageait. Elle avait la beauté suffisante, totale. Rien d'inhumain, mais un équilibre délicieux et vivant. Cette beauté réjouissait les yeux et confondait la malveillance. Je n'avais rien rencontré d'aussi indiscutable.

Elle leva soudain sur François un regard tendre et heureux et posa une main sur son bras. Je quittai Patrice et me dirigeai vers eux. François me vit et poussa une exclamation:

— Te voilà! Vous allez enfin faire connaissance.

La jeune femme me regarda et elle me reconnut. François n'avait pas eu besoin de lui dire qui j'étais. La gaieté qui éclairait son visage fit place à une gravité attentive. Mais, aussitôt, Colombine reparut. Elle explosa de joie, tendit les bras vers moi et me saisit les mains. Je compris à travers ses paroles que je devais être la plus belle, la plus charmante, la plus gentille. Elle me serrait avec ses mains volontaires. Et j'étais sous le charme des yeux, de la voix, et de cette joue brune, pure comme une joue d'enfant. Muette, intimidée, il me semblait que c'était moi l'étrangère et je ne trouvais rien à dire.

— Chère amie, je vous vole notre petite merveille un instant, me dit Sylvain Verneuil en l'entraînant.

François parlait au milieu d'un groupe. Une jeune femme prenait des notes en l'écoutant. Patrice avait disparu. Il faisait chaud. On s'écrasait devant moi. Derrière ce mur d'humains élégants et affamés, il devait y avoir une nappe blanche avec ses assiettes et ses verres sans cesse renouvelés par des maîtres d'hôtel baignés de sueur. J'embrassais des femmes. Je serrais des mains d'hommes. Les gens étaient encore contents de se rencontrer. C'était un des premiers cocktails de la saison. Les femmes montraient des visages inconnus sous le hâle des vacances soigneusement entretenu. Les intellectuels avaient l'air de sportifs. J'entendais parler anglais à ma gauche, italien à ma droite. Un fil de radio s'enroula autour de mon talon. « Poussez-vous ! Laissez passer ! » criaient deux garçons en blue-jeans, chargés d'une caméra portative et d'un énorme flash.

— Je vous trouve un peu maigre, mon ange, dit une voix à mon oreille.

C'était Colombe Verneuil, la femme de Sylvain. Intelligente et méchante, elle s'habille divinement bien sans pouvoir faire oublier son profil de fouine. Elle-même ne l'oubliera jamais, et c'est ce qui explique son agressivité. Elle a dépassé quarante ans et me traite avec une froide condescendance dans l'intimité. En public, elle me parle ostensiblement des « femmes de notre âge ».

— Un peu maigre, répéta-t-elle en avalant un petit four.

— Vous avez sans doute raison, Colombe.

— Mais voyons ! Bien sûr que j'ai raison. On ne dirait jamais que vous rentrez de vacances ! Vous avez une très sale mine.

Ce n'était pas vrai, je sentis qu'elle voulait me troubler.

— Mais vous, Colombe, vous êtes sensationnelle ! Je ne sais pas comment vous faites, on ne dirait pas que vous vieillissez !

Mon sourire était trop stupide pour qu'une femme de la finesse de Colombe s'y trompât. Elle changea de conversation :

— Vous avez vu le nouveau-né ? dit-elle en désignant, dans une vitrine, « Sandra et le Septième Art » tout luisant de laque fraîche.

— Joli, n'est-ce pas ? poursuivit-elle. Moi qui adore l'italien et qui redoute les traductions, je dois avouer que celle de François est parfaite. Il a tout de suite pigé le caractère de cette fille. Il paraît que vous la voyez beaucoup ?

— Je viens de faire sa connaissance, dis-je étourdiment.

— Non ? dit Colombe, qui le savait parfaitement. Vous verrez, elle est très divertissante. François a dû vous le dire. Je me suis beaucoup amusée quand nous l'avons vue à Rome. Pendant trois jours... après, elle me faisait bâiller d'ennui ! Je suis peut-être sévère...

— Peut-être.

— Oui, je sais, Sylvain est encore sous le charme ! Mais les hommes ont un point de vue différent ! dit-elle en riant.

Elle m'avait affectueusement pris le bras comme pour me confier une chose agréable. Sa main maigre me serrait comme une pince :

— Elle a été nourrie aux pommes de terre crues, elle a marché pieds nus jusqu'à quinze ans, elle a appris à lire dans son premier rôle, ils trouvent ça merveilleux !

— Moi aussi, dis-je lentement.

Colombe s'arrêta.

— Vous êtes charmante, fit-elle en lâchant mon bras.

Elle s'éloigna en souriant.

Je risquai un coup d'œil vers le groupe qui entourait Sandra. François la tenait par le bras et la présentait à Marie de Maurieu. Quelqu'un réclama une photo. François voulut s'écarter. Sandra le retint près d'elle. Le flash éclata, illuminant François et Sandra, laissant Marie de Maurieu dans l'ombre. Elle se détourna, abandonnant le coin de lumière des photographes qui ne voulaient pas d'elle. Une fois de plus, elle me fit pitié. On oubliait toujours que cette grande femme maigre était un de nos meilleurs écrivains. Je savais depuis longtemps par François qu'elle était très malade et que, si elle quittait souvent Paris pour la montagne, ce n'était pas seulement pour écrire. Je l'admirais beaucoup avant de la connaître et je fus très émue, peu de temps après notre mariage, quand François me présenta à elle. Je le lui dis et elle accueillit mes compliments avec une froide hauteur qui me glaça. Pendant deux ans, elle ne me reconnut jamais. Puis elle se résigna à accepter mon existence. Pâle, décharnée, elle avait ce qu'on appelle « un beau visage ». C'est-à-dire un visage qui n'excite ni le désir des hommes ni l'envie des femmes.

François avait une sorte d'affection pour elle. Elle venait souvent lui parler dans son bureau, mais elle n'était jamais libre pour dîner chez nous. Elle venait à mes vernissages pour serrer la main de François et partait sans regarder les toiles. Ce mépris me devint moins odieux quand je compris qu'il ne s'adressait pas seulement à moi. Marie détestait toutes les femmes. Leur présence lui était intolérable. Tout en elle niait leur existence. Elle n'avait rien à nous dire et rien à entendre. Mais son visage s'animait en la compagnie des hommes. Et ces derniers ne comprenaient pas pourquoi nous ne la trouvions pas charmante.

— Avez-vous passé de bonnes vacances ? lui demandai-je comme elle arrivait à ma hauteur.

Elle ignora ma question et me dit d'une voix incolore :

— Bonjour.

Je me sentis mal à l'aise. Avec sa pauvre mine, je n'aurais jamais dû lui parler de ses vacances. Et puis, la question était commune et banale, adressée à cette femme qui se mourait de distinction. Soudain, je me rendis compte que, pour la première fois, elle me regardait, et j'ouvris les yeux avec étonnement sur ce regard aigu et vivant qu'elle promenait sur moi.

— J'ai trouvé François magnifique, dit-elle doucement.

Son regard me quitta, glissa vers Sandra et mon mari, puis revint à mon visage. Elle murmura encore « magnifique » et me sourit.

Je la regardai partir. Pourquoi était-elle si méchante ?

— Ça va, ma chérie ? dit François en me rejoignant.

Un remous nous poussa dans une brèche, vers le buffet.

— Deux scotches, dit-il au maître d'hôtel. C'est réussi, n'est-ce pas ?

— Très.

— Sandra mourait de soif ! Il fait une telle chaleur. Merci, dit-il en prenant les scotches. Tu veux boire quelque chose, peut-être ?

— Un peu de champagne.

— Une coupe pour Madame, s'il vous plaît.

Il était déjà parti, portant précieusement un verre dans chaque main. Un vieux monsieur essayait de me voler ma place au bord du buffet. Il était maigre et voûté. Il avait certainement faim. Je le laissai passer. Il se mit à manger frénétiquement des tartelettes aux fraises. Écrivain, journaliste ? Je ne sais. Mais il vivait certainement de sa plume. C'est-à-dire mal. Ce soir-là, elle lui rapporterait au moins quelques friandises.

Je regardai discrètement ma montre. Huit heures moins vingt. Je ne pouvais pas songer à partir avant François. Et le cocktail était loin d'être fini. Des gens arrivaient encore. Un couple étrange descendait l'escalier. Biquet, le bel ami de Patrice, et Inès Levan, sa mère. Elle semblait avoir cent ans et croyait encore, dans sa candeur, avoir donné le jour à un petit garçon. Elle ne soupçonnait pas la vie de son fils. Il était fou d'elle, la comblait de bijoux et de fourrures et était prêt à faire des bassesses pour que sa mère soit invitée à un bal masqué. Belle, digne, parée comme une vieille marquise de Goya, elle s'appuyait sur le bras de Biquet. Biquet ? D'où venait-il ? Personne ne le savait. Depuis trois ans, il vivait avec Patrice, paraissait peu à la Galerie, sortait beaucoup et entourait la vieille Inès d'attentions de jeune fille. Mince et droit comme seuls savent l'être les danseurs, il me faisait penser à un chat égyptien par son mutisme et son immobilité. Je ne l'ai jamais vu qu'en chandail ou en smoking. Il avait, ce jour-là, un chandail blanc brodé de palmettes. Sa beauté était accentuée par la blancheur du chandail et le hâle de son visage. J'avais fait beaucoup de portraits de lui. C'était un modèle patient et séduisant, mais je sortais attristée de ces séances silencieuses avec ce jeune mort souriant. J'aime que les gens crachent leur énigme, mais les sphinx qui nous entourent ne sont pas toujours bavards. Je ne sais comment il trouva un fauteuil et y installa Inès. Les gens regardaient avec admiration cette vieille femme qui tenait tranquillement sa cour au milieu du désordre et de l'agitation.

Je me dirigeais vers eux quand Verneuil m'arrêta. Il me prit les mains et me tourna vers lui :

— Chère amie, je ne vous ai pas vue deux secondes dans cette cohue ! Il faut absolument que je vous dise bravo pour la couleur de votre robe !

Je souris. J'aime beaucoup Sylvain. C'est un homme d'affaires redoutable, mais un ami sincère. Et je le plains de supporter Colombe depuis si longtemps.

— Bravo ! répéta-t-il avant de s'éloigner.

Il cligna de l'œil et me dit à l'oreille :

— Le jour où François ne voudra plus de vous, vous me faites signe !

Et il s'en alla, ravi de sa plaisanterie.

Vers neuf heures du soir, il ne restait plus que des cendres de cigarettes et des verres vides sur le buffet. Et, dans la salle, il n'y avait plus qu'une poignée de personnes que les maîtres d'hôtel fourbus auraient bien voulu voir partir.

Sandra avait quitté ses chaussures. Pieds nus, cheveux dénoués, elle s'étirait sur le bras d'un fauteuil. C'était un petit fauve au repos après son numéro. François était trop gai pour avoir bu seulement un verre de scotch. Sandra me souriait et m'adressait des compliments dont je ne comprenais pas la moitié.

— Sandra trouve que tu es une vraie Parisienne, me dit François.

Il ne me semblait pas possible que des gens aussi détendus fussent coupables. Je m'installai sur l'autre bras du fauteuil et pris la main de François :

— Dis-lui que je vais donner un dîner en son honneur, mardi prochain.

Il me lança un regard étonné :

— Mais comment vas-tu faire puisque nous habitons encore Chauvry ?

— Ne t'inquiète pas. De semblables problèmes ne comptent pas pour une vraie Parisienne ! ajoutai-je en riant.

— Bon, dit François, et il traduisit ma phrase.

De nouveau, Sandra me prit les mains et m'accabla de remerciements. Il n'était pas besoin de traduire ce qu'elle disait. Je comprenais qu'elle était émue. Pourquoi était-elle émue ? Ma proposition était normale. Avait-elle des scrupules ? Le contact des mains qui tenaient les miennes me gêna ; je me tournai vers François :

— Partons, chéri, il est tard.

François ne bougea pas.

Il aurait souhaité que nous emmenions Sandra. Il aurait voulu au moins la raccompagner
à son hôtel. Mais j'avais décidé de ne rien voir.

— Je viens, dit François.

— Au revoir, mademoiselle, je suis ravie de
vous connaître. Tout s'est merveilleusement
passé. Alors, à mardi, huit heures trente chez
moi.

Je serrai la main de Sandra en souriant.
C'était son tour d'être muette et décontenancée.
Je me dirigeai vers la sortie sans m'occuper de
François. Il me suivit rapidement et l'héroïne de
la fête, pieds nus sur la moquette, resta seule
au milieu des maîtres d'hôtel.

TROISIÈME CHAPITRE

— Elle est charmante, dis-je à François en regagnant la voiture. Et beaucoup plus sympathique que tu ne le disais !

— Moi, j'ai dit qu'elle n'était pas sympathique ?

— Enfin, tu m'as fait comprendre que c'était une emmerdeuse.

— Mais c'est une emmerdeuse, me dit François. Ça ne veut pas dire qu'elle ne soit pas sympathique et gentille. Qu'est-ce qu'on fait ? ajouta-t-il avec ennui.

— Eh bien, on va dîner ! dis-je, comme si cela allait de soi.

Nous sommes allés dîner dans un restaurant proche des Champs-Élysées. Ni François ni moi n'avions faim. Le restaurant était affreusement cher et la cuisine banale. Je picorais en bavardant en face d'un mari silencieux. C'est à tort que, quelques instants auparavant, j'avais attribué sa gaieté au scotch. Seule la présence de Sandra lui avait donné cette légère ivresse joyeuse. J'avais eu besoin de l'entraîner loin d'elle, dans un endroit qui, me semblait-il, aurait plu à la jeune femme. Et, maintenant, seule devant lui, je me prenais à regretter son absence. Il s'anima seulement quand je parlai du succès du cocktail. Nous sommes partis en laissant nos glaces fondre dans leurs coupes.

Dans la voiture, pour l'obliger à prendre part à la conversation, je lançai :

— Je veux donner un dîner très réussi, mardi soir, pour Sandra.

— C'est très gentil de ta part, me dit François, mais j'ai peur que ça te donne beaucoup de travail et que ça te fasse perdre quelques-uns des derniers beaux jours pour peindre.

— Voyons, chéri, répliquai-je, tu comprends bien que je dois faire quelque chose pour cette fille. Vous avez tous été merveilleux pour elle, et moi je suis restée à mélanger mes couleurs comme une sale égoïste. Que penserait-elle de moi ?

— Oh ! Sandra ne pense pas beaucoup aux femmes ! s'exclama François en riant.

— Moi non plus, dis-je froidement.

— J'en sais quelque chose ! fit-il en me tapant sur l'épaule.

Pourquoi n'ai-je pas ri comme lui ? Je me recroquevillai dans le rôle de la jeune femme digne et dévouée à la carrière de son mari, que je m'étais assigné :

— Sans m'occuper outre mesure des autres femmes — ni des autres hommes, d'ailleurs —, je considère que je dois faire parfois certaines choses qui peuvent t'être utiles.

— Mais je comprends bien, mon chéri, et je t'en remercie, dit François, soudain rembruni.

Nous avons roulé quelque temps en silence. J'avais de la peine et je ne pouvais pas le dire à François. Je me glissai vers lui sur la banquette et posai ma tête contre son épaule.

— Chérie, murmura-t-il.

Je fermai les yeux.

Je traversai lentement le jardin tandis qu'il rangeait la voiture. L'air était plus mordant qu'à

Paris. C'est une des raisons pour lesquelles on dort bien à Chauvry. Mais allais-je dormir, cette nuit-là, malgré la fenêtre ouverte et le silence de la campagne ? Je finissais de me déshabiller quand j'entendis François fermer la porte d'entrée. Je restai à la fenêtre pendant qu'il était à la salle de bains. Le rideau d'ombre et de silence se déchira sur le jardin. Je devinai la forme de mes arbres, le rond de la table de pierre, la blancheur des allées, tandis que montaient vers moi des soupirs de petites bêtes, des bruits de plantes et le doux bredouillement du ruisseau. La porte de la chambre s'ouvrit. Je ne bougeai pas.

— François, dis-je doucement.

Quand il fut près de moi, je me tournai vers lui, croisai mes mains sur sa nuque et l'embrassai au coin des lèvres, là où la barbe, rasée le matin, commençait à durcir la peau.

— Comme tu es fraîche ! murmura-t-il.

Je frissonnai et il posa ses mains tièdes sur mes épaules nues. J'entendais maintenant tous les bruits de la nuit et je me laissais bercer par eux. Peu importaient le reste du monde et les fantômes de mon angoisse. Il allait y avoir un sommeil calme au creux de l'épaule de mon mari.

— J'aime dormir avec toi, dis-je en fermant les yeux.

— Tu dors déjà.

Il parlait doucement, comme le ruisseau. Il me souleva dans ses bras et me déposa sur le lit sans rompre le charme. Je songeai : « Il est là », au contact de ce corps tranquille qui veillait le mien.

— C'est une bonne maison, murmurai-je.

J'entendis :

— Une très bonne maison, et la voix de François se perdit dans mon sommeil.

En me réveillant, je songeai avec plaisir que j'avais mon mari à moi pour toute la journée. Élizabeth savait aussi que son papa lui appartenait, le dimanche. Elle précéda Hortense qui nous apportait le petit déjeuner au lit. Le soleil et les cloches de Chauvry entraient par la fenêtre. L'odeur du thé et du lait bouillant et l'assiette de croissants chauds amenèrent dans la chambre le souvenir des bonheurs candides de l'enfance et des vacances. Vêtue d'un slip rouge imprimé de canards blancs, Élizabeth s'installa à portée du plateau. Elle guettait nos moments d'inattention pour casser les cornes des croissants. Assis sur la descente du lit, Aristide nous observait avec ce sourire des chiens fidèles toujours bienveillants à leurs maîtres.

— Comme Madame n'avait rien dit, j'ai mis un beau petit poulet pour midi.

— Vous avez bien fait, Hortense. Demain matin, vous allez partir avec nous pour Paris...

— Avec moi ? demanda Élizabeth.

— Non, mon chéri, toi, tu vas aller trois jours chez les Vergaux.

Daniel Vergaux était un auteur des Éditions du Siècle qui habitait Montmorency avec sa femme et ses deux enfants. C'était un sage, il ne venait presque jamais à Paris. Les relations de voisinage s'étaient transformées en liens d'amitié. Il nous arrivait souvent de recevoir leurs enfants ou de leur envoyer Élizabeth.

— Je verrai Belet et Cricri ? demanda Élizabeth, très intéressée.

— Oui, mon petit chat. Pendant ce temps, nous irons à Paris pour dîner avec de très vieux et très vilains messieurs.

— Pouah ! fit Élizabeth en croquant une corne de croissant.

— Qui invites-tu ? dit François.

Mais je ne voulus rien dire. Je ne sais pourquoi, je voulais que ce dîner fût pour lui une surprise. Il n'insista pas.

Hortense accueillait toujours favorablement l'annonce d'un grand dîner. Elle avait un neveu extra à qui nous faisions appel.

Avant le déjeuner, François sortit pour acheter des cigarettes. Malgré moi, je pensai : « Il va lui téléphoner. » Je m'en voulais, mais je ne pouvais m'empêcher de l'observer. S'il avait l'air rêveur, je me disais : « Il pense à elle. » S'il était soucieux : « Il s'ennuie avec moi. »

Mais s'il me souriait, je lui rendais son sourire et ma confiance. Je me disais alors que l'innocent observé a souvent une apparence de coupable.

L'après-midi, il alla accompagner Élizabeth à Montmorency et j'en profitai pour donner quelques coups de téléphone. En ce début de saison, les carnets n'étaient pas encore surchargés et j'obtins les convives que je souhaitais.

Le lundi matin, François nous déposa, Hortense et moi, quai des Grands-Augustins et alla à son bureau.

Quand il revint pour déjeuner, la maison était propre, les rideaux accrochés, la table mise. Il fureta, heureux de retrouver ses habitudes citadines. Le soir, il rentra bien avant l'heure du dîner. J'étais contente de le voir arriver si tôt, bien que sa présence gênât mon travail. Armée d'encaustiques et de lessives, je rendais leur fraîcheur aux vieux meubles, aux opalines et aux sulfures, et les hommes ne sont pas faits pour de tels instants.

— Tu te donnes un mal fou ! disait-il avec un air confus, en me voyant peigner le tapis du salon.

J'étais satisfaite de voir cette confusion. Et de savoir que le lendemain, il rentrerait sagement pour déjeuner avec moi afin que je n'aie pas de tracas supplémentaires.

En effet, le mardi, il arriva vers une heure moins le quart. Nous avons déjeuné dans la chambre, sur un guéridon. La salle de bains était pleine de fleurs. La maison avait un air de fête qui éveillait l'appétit.

François ouvrit la porte de la salle à manger et siffla d'admiration devant la table :

— Tu as dû inviter la reine de Grèce et les Windsor ! me dit-il. A propos, tu devrais me dire le nom de nos invités, car j'ai eu l'air malin quand Verneuil m'a dit, ce matin : « C'est bien à huit heures et demie, chez vous, ce soir ? »

— Eh bien, il y a aussi les Bernard Robin, Patrice, Biquet et la princesse Bertenberg.

— Qu'est-ce que c'est que celle-là ?

— Mais tu la connais ! Bika ! Elle vient à toutes mes expositions et tu as dîné avec elle chez Patrice !

— Ah ! oui, je me souviens. Elle est horrible.

Je fus saisie de trac. Pourvu que le dîner soit réussi. Je m'étais donné tant de mal. Il suffit de si peu de chose pour qu'une soirée tourne à la catastrophe. Au fond, j'avais peut-être eu tort de ne pas consulter François pour le choix des invités. Il me semblait que ce dîner était un examen et je redoutais de subir un échec.

Restée seule, je fis le tour de ma maison en plaçant les bouquets. Ce n'était pas un très bel appartement. Il s'étirait en sombres couloirs le long d'une cour intérieure. Mais sa gloire était une pièce de façade. Deux hautes fenêtres ouvraient sur la Seine et un petit escalier menait à mon atelier. Les pièces mal exposées étaient citron. On oubliait ainsi l'absence de soleil et on oubliait également l'absence d'argent qui avait présidé à notre installation. Les murs étaient couverts de toiles d'amis. Il n'y avait rien de moi dans la maison, sauf dans l'atelier. Parfois, un dessin ou une toile était admis dans la pièce du devant pour quelques jours. Je ne l'accrochais pas, je le laissais sur une bibliothèque basse jusqu'à ce qu'il soit vendu ou donné. Cette fois-là, j'avais rapporté de Chauvry le portrait d'Élizabeth qui m'avait paru le meilleur. La petite fille était assise sur un arbre renversé; vêtue d'un slip bleu roi, elle mangeait une tartine de beurre. Je le plaçai sur la petite bibliothèque, sans cadre, sans clou, en invité. Puis, je ne sais pourquoi, je le retournai et le posai par terre, face au mur.

Je trouvai sur mon lit la robe de guipure blanche qu'Hortense venait de repasser. Avec Hortense, j'étais tranquille. Elle avait le goût des choses réussies. J'allai la voir dans la cuisine. Au milieu de vapeurs sucrées, elle régnait sur des fruits dénoyautés, des corps béants de volailles et n'acceptait auprès d'elle que son neveu Gaspard.

— Madame devrait prendre un bain et s'allonger une heure. Je la réveillerai.

Je refermai la porte sur le domaine de ce dieu lare autoritaire et dévoué. Je lui obéis, me trempai dans l'eau tiède, posai la robe blanche sur un fauteuil et m'allongeai sur le lit.

Hortense me sortit d'un léger engourdissement avec une tasse de thé:

— Il est six heures, Madame. J'ai envoyé Gaspard chercher des cigarettes douces parce que Monsieur va certainement oublier. Je lui ai dit aussi de prendre quelques anémones pour la table qui était un peu nue.

Je bus d'un trait le thé brûlant et tendis ma tasse à Hortense. Je ne doutais plus du succès de la soirée. Comme le jour du cocktail, je me préparai avec beaucoup de soin. François arriva de bonne heure. Il entra dans la chambre comme je m'aspergeais de parfum.

— La maison est ravissante avec toutes ces fleurs. Mais tu dois être morte...

— Hortense et Gaspard m'ont mise au lit et ont tout fait. Tu trouves la maison jolie ?

— Je ne l'ai jamais vue comme ça.

Il avait l'air sincèrement étonné.

— Je pense qu'il faut recevoir les étrangers avec beaucoup d'égards, dis-je sentencieusement.

Il hocha la tête.

— Je mets mon smoking ?

— Je l'ai demandé à tous ces messieurs.

— Biquet va arriver avec un smoking turquoise, dit-il en riant.

— Je n'ose pas l'espérer ! lui répondis-je en lui tendant la main pour qu'il agrafe mon bracelet.

Il le fit et leva les yeux sur moi :

— Tu es très jolie.

Je lui souris timidement. Il me regardait toujours.

— As-tu pensé aux cigarettes douces ? lui demandai-je. Ne jure pas ! m'écriai-je en lui posant la main sur la bouche, la divine Hortense y a pensé.

Il avait gardé ma main contre ses lèvres, serrant mon poignet entre ses doigts. Je faillis lui dire : « Est-ce que tu m'aimes ? », mais j'eus peur.

Il lâcha ma main et alla se préparer.

Avant une soirée, le ménage qui reçoit a le choix entre deux angoisses, celle de n'être pas prêt à temps, celle d'être prêt trop tôt. Ce soir-là, nous étions prêts trop tôt. Nous tournions dans l'appartement, de la salle à manger au salon, de la porte de la cuisine à la glace de la salle de bains. François redressait un cadre, entrouvrait ou fermait une fenêtre, vérifiait son nœud de cravate dans un miroir. Je semais des cendriers sur les guéridons, changeais une fleur de vase, courais écraser une goutte de parfum au creux de mon coude. Le premier coup de sonnette nous réunit dans le salon.

C'étaient Patrice et Biquet, toujours exacts. Biquet n'avait pas mis un smoking turquoise, mais écossais, et je ne pus m'empêcher, en les voyant entrer tous deux, de leur dire qu'ils étaient beaux.

Nous les entraînâmes dans mon atelier car c'était l'heure et la saison où le soleil disparu laisse une grille rose sur la rivière.

Patrice fouillait dans un carton à dessin; Biquet, un verre à la main, regardait silencieusement la Seine et François me servait une coupe de champagne quand j'entendis la princesse pousser des cris en montant le petit escalier de bois :

— Quel paradis ! Je n'étais jamais venue, mais je viendrai tous les jours. C'est divin, chérie ! Quand je pense que voilà votre atelier. Oh ! le cher Levan, quelle joie ! Je savais qu'il devait y avoir une danseuse espagnole, mais j'ignorais que j'aurais le plaisir de vous voir, ami.

L'âge et la nationalité de la princesse étaient difficiles à deviner. Colombe, qui avait franchi une frontière avec elle, prétendait avoir vu son passeport et lui attribuait soixante-seize ans. A la vérité, elle devait avoir passé de peu les soixante. C'était une vieille jeune femme dont le visage poudré clair et les toilettes de soie évoquaient l'époque du marquis de Priola. Le prince était mort des suites d'une chute de cheval, au début de leur mariage. Elle avait traversé la vie seule, dans sa Daimler noir et or, sans enfants, chargée d'argent, inadaptée et bienveillante.

Elle entra, drapée dans un châle d'hermine comme on n'en voit plus que dans les opérettes.

— Quelle jolie robe ! dit-elle en s'arrêtant devant moi. Qui vous a fait ça ?

— Personne.

— Petit masque ! dit-elle en me menaçant du doigt. J'ai bien reconnu la griffe ! Votre femme a raison de ne pas donner ses bonnes adresses, ajouta-t-elle en s'adressant à François.

Dans sa candeur de milliardaire, elle ne mettait nulle malice dans ces paroles.

L'atmosphère se rafraîchit à l'arrivée des Verneuil. Malgré la bonhomie de Sylvain, décidé à passer agréablement la soirée, mon trac me reprit. Je me mis à douter de l'excellence de mes vins et de la finesse de ma brandade de morue. La présence de Colombe me mettait mal à l'aise. Elle promenait son regard myope éclairé de malveillance sur les murs et sur nous.

Soudain, je m'aperçus que Sandra était près de moi. Discrète, presque timide, elle était vêtue de velours noir. Le corsage montant, les manches sages de sa robe sombre lui donnaient un air de jeune fille mélancolique. Ma guipure me parut digne d'une noce de village. Plantée devant Sandra, la princesse la regardait sans pudeur :

— Quelle est cette merveille ? Est-ce notre danseuse de flamenco ?

Je vis rire Colombe. Colombe s'amuse beaucoup dans le monde. Les moindres ridicules lui procurent des joies fortes. Alors, elle rit du fond des yeux, en femme bien élevée qui a appris l'hypocrisie avec l'orthographe, l'équitation et la façon de manger le poisson.

— Il n'y a pas de danseuse, Bika chérie, dis-je à la princesse. — J'avais pris le bras de Sandra pour la présenter. Ce bras était doux comme celui d'Élizabeth. — Il y a une grande jeune actrice italienne.

Il était normal que les Robin arrivent les derniers. Bernard Robin était producteur de cinéma et devait justifier sa réputation d'homme surmené. A neuf heures dix, ils firent une entrée brillante. C'était un gros et grand homme sanguin. On ne pouvait le voir sans songer : « Voilà un monsieur important. »

Quatre ans plus tôt, il avait épousé la ravissante fille d'un apéritif en vogue. L'ingénue s'était imaginé qu'elle allait devenir star. Mais son gros mari lui faisait un enfant tous les ans pour la tenir éloignée des studios où il préférait évoluer seul.

— Nous avons vu un film indien sensationnel ! répétait la petite femme en allumant une cigarette. Nous étions six dans la salle de projection, c'était grandiose.

— Excusez-nous, chère amie, d'arriver si tard, dit Bernard Robin en prenant ma main et en la gardant dans les siennes. C'était capital pour moi de voir ça.

Il ne lâchait pas ma main, étant de ces hommes qui s'imaginent vous faire plaisir en vous touchant.

Je parvins à lui échapper pour finir les présentations. La petite Robin regardait avec satisfaction la mise modeste de Sandra. Elle-même portait une redingote de satin vert qui allait certainement être à la mode quelques semaines plus tard.

— Madame est servie, dit Gaspard.

Au moment de descendre vers la salle à manger, Sandra défit la boucle de sa ceinture. Elle enleva une sorte de boléro et parut en corsage décolleté. Un bouton de rose aux pétales encore serrés mettait une note rouge entre ses seins. Et cette fleur, tiédie sur sa gorge, animée par son souffle, allait être le cœur de notre soirée.

J'aime trop regarder la vie pour lui en vouloir de me faire parfois souffrir. J'étais peut-être la première des victimes. Mais j'ignore la jalousie devant la beauté des femmes.

Chacun de nous avait reçu à sa manière la beauté de Sandra. Seul, Biquet regardait toujours silencieusement la Seine. Colombe et la petite Robin semblaient rétrécir de tristesse. La princesse s'extasiait à voix haute. Les hommes ne disaient rien, ils regardaient. François s'efforçait de détourner la tête.

La table ronde Charles X était devenue une table ovale. J'expliquai à nos invités que, la soirée étant donnée en l'honneur de Sandra, j'allais la faire présider. Je plaçai Robin à sa droite, Verneuil à sa gauche. Je sentis trop tard qu'il était étrange de voir Sandra présider en face de François. De nouveau, je perçus un sourire au fond des yeux de Colombe. La princesse était à la droite du maître de maison, Colombe à sa gauche. Biquet et moi d'un côté, Patrice et la jeune femme du producteur de l'autre, nous occupions les places du milieu.

Le début du dîner fut un peu froid. On n'entendait que les exclamations de la princesse :

— La jolie pièce ! La belle table ! Oh ! le joli vieux plat !

Comme tous ceux qui vivent dans un palais, elle affectait un goût très prononcé pour les chaumières.

— Vous savez que je veux faire un film pour vous, dit le producteur à Sandra.

Elle lui répondit par un murmure désolé.

— Notre amie ne parle pas français, expliquai-je avec un ridicule petit air protecteur.

Hélas ! parole malheureuse. De chaque bout de la table, des exclamations jaillirent en italien. Seules, Mme Robin et moi ne parlions pas cette langue. La princesse s'exprimait, me sembla-t-il, avec un fort accent russe, mais cela ne gênait pas notre invitée. En quelques minutes la conversation s'anima, les rires fusèrent et Gaspard dut remplir les verres. Je ne vous raconterai pas ce qui fut dit au cours de ce dîner. Le sens de quelques mots m'atteignit au milieu des phrases obscures. Mes convives paraissaient fort heureux. Pour comble de malheur, ayant laissé ma place à Sandra, je lui avais également laissé ma sonnette électrique. Il me fallait, à chaque changement de service, demander à Robin de sonner pour moi. Je voyais alors le petit rire dans les yeux de Colombe.

— Mais c'est un plaisir pour moi, s'écriait le gros producteur en se penchant vers Sandra. C'est une occasion inespérée de frôler la divine jambe de Mlle Tiepola !

Le charmant petit nez de sa femme se fronçait et je la plaignais.

François parlait. Les consonances italiennes transformaient sa voix. Il soulignait ses paroles de gestes et de changements d'expression qui auraient été déplacés en français. Comme il était charmant ! Il avait plus de chaleur, moins de retenue que dans sa langue maternelle. Il semblait être le mari de la jeune femme brune assise en face de lui qui lui répondait à travers la table, comme si chaque soir ils avaient été à la même place. Et, devant moi, les mots qui sortaient des lèvres de Sandra s'unissaient aux mots qui sortaient des lèvres de François.

Je mentirais cependant en disant que l'on ne parla pas français. En quittant la salle à manger pour le salon, Colombe me dit avec un petit sourire aimable :

— Il est très bien, votre extra.

Tandis que je versais le café, Patrice s'était remis à fureter. J'étais en train de servir la troisième tasse quand il découvrit le portrait d'Élizabeth.

— Venez tous voir ça, dit-il.

Le visage de Patrice n'exprime quelque chose de vrai que lorsqu'il est devant un tableau.

Je le regardai. Peu m'importait l'attitude des autres. La princesse gémissait son admiration, les Robin s'extasiaient poliment en gens que la peinture ennuie, Sylvain avait mis ses lunettes.

— Elle est en progrès, dit Colombe, d'un ton acidulé.

— Il me le faut, mon ange, murmura Patrice. Regarde, poursuivit-il en s'adressant à Biquet comme si nous n'étions pas là, regarde ce petit corps doré, cette main qui tient la tartine, ce fond vert de l'herbe et des nuages...

— Non, Patrice, dis-je en riant, vous ne l'aurez pas. Jamais je ne me séparerai d'Élizabeth.

— Je paierai ce que vous voudrez.

Le ton soudain brutal de Patrice disait sa sincérité.

— Je crois que nous assistons à une scène de corruption, lança Colombe.

François était monté dans l'atelier chercher des cigarettes. Comme j'aurais voulu qu'il fût là !...

— Donnez-moi ce petit pâtre, reprit Patrice en se tournant vers moi. Donnez-le-moi contre ce que vous voudrez. Je le placerai dans ma chambre pour le regarder chaque matin et chaque soir avec sa tartine et sa joue beurrées !

Je secouai la tête en souriant. Je guettai l'escalier de bois et je pensais : « François, tu n'as plus d'yeux pour moi. Tu ignores ta femme et ta jolie petite fille, et les mille jolies petites filles à joue beurrée que ta femme refait pour toi dans ton jardin. »

Soudain, Sandra aperçut le tableau. J'avais dû cette brève accalmie à un raccord dans son maquillage. A genoux devant Élizabeth, elle improvisa un cantique d'admiration à la petite fille. Il n'en fallut pas plus pour ramener l'attention sur elle.

— Elle est charmante, dit Verneuil.
— Quelle vitalité ! dit Robin.

C'était fini. François redescendit, un coffret à la main. La soirée s'organisa de nouveau autour de Sandra. Seul, Patrice, de temps en temps, jetait un regard vers le portrait.

Installée sur la moquette, Sandra glissa ses pieds hors de ses sandales de satin. A son corsage, le bouton était devenu fleur. Un pétale pendait, flétri par la chaleur. Elle chanta, dansa, nous fit reprendre des refrains de *bersaglieri*. Jamais on ne s'était autant amusé chez moi.

Sandra n'eut qu'un moment de gravité quand Verneuil alla chercher dans sa serviette les premiers articles sur le cocktail. Elle se penchait sur ses multiples visages, se plaignait d'un profil, se fâchait contre une mauvaise lumière, s'extasiait sans pudeur devant une photo réussie.

Je regardais Mme Robin. Pauvre petite ! Sans aucune retenue, elle laissait voir son mécontentement. Je comprenais bien sa souffrance, mais je ne pouvais plaindre sa sottise et ce manque d'empire sur soi-même si évident.

Vers onze heures, elle donna discrètement le signal du départ à son mari. Mais le mari ne voulait rien voir. Il riait aux larmes d'une imitation de Toto que lui faisait Sandra. Le joli et stupide petit visage de sa femme se ferma de plus en plus. La princesse avait chaud. Son étole d'hermine avait glissé, découvrant son dos. Elle avait quelques boutons. Colombe fumait en la regardant avec un dégoût discret. Biquet somnolait avec distinction. Les hommes nous avaient oubliées, partis dans le sillage de Sandra. Patrice, lui, s'amusait beaucoup. Je rencontrais parfois son regard vif.

Je me levai et allai chercher un plateau de rafraîchissements. Il me suivit jusqu'à la cuisine et me dit :

— Je veux Élizabeth !

Je lui souris.

— Élizabeth n'est pas à vendre.

Alors il dit un chiffre. Un chiffre qui me stupéfia. Jamais je n'avais vendu une de mes toiles à ce prix-là.

— Vous êtes sérieux ? lui demandai-je.

Il répondit seulement :

— Je veux Élizabeth !

Cette insistance me faisait du bien. Je posai ma main sur le revers d'ottoman du smoking de Patrice.

— Élizabeth n'est pas à vendre, mais... je vous aime beaucoup.

Il inclina la tête, saisit ma main dans la sienne, la baisa délicatement et me dit :

— Vous êtes une terrible harpie, grand peintre, mais une charmante maîtresse de maison.

Je savais bien que je n'étais pas un grand peintre. Je savais aussi que la somme qu'il m'offrait n'était pas le prix du portrait, mais celui de son caprice.

— Vous mélangez vos invités avec autant de bonheur que vos couleurs sur la toile.

— Il me semble que la soirée est gentille, n'est-ce pas ? Elle est séduisante ?

— Qui ?

Il s'amusait.

— Sandra !

— C'est une personne étonnante, répondit-il. Il faut que vous fassiez son portrait... et des dessins d'elle... mais, dans un portrait, si vous pouviez rendre cette couleur ambrée de la peau, le réseau de sang qui frémit dessous... elle est infiniment attirante !

— Même pour vous ?

Je n'avais pas dit cette phrase que je la regrettais. Jamais je n'avais fait allusion avec Patrice à ses, comment dirais-je ? ses particularités. Je sentis que je venais de manquer de goût. J'étais très rouge.

— Donnez-moi ce plateau, me dit Patrice.

*
* *

Quand ils partirent, vers une heure du matin, la petite Mme Robin était un peu rassérénée par la perspective de la scène qu'elle allait faire à son mari. Celui-ci se fâcherait, puis il lui ferait un autre enfant, ce qui éloignerait encore un peu plus la pauvre créature du cinéma. La princesse me serra sur son cœur en me disant que cette soirée était la plus belle de son existence. Au fond, l'énormité des compliments n'effraie ni ceux qui les font ni ceux qui les reçoivent.

— Merci, ma chère, dit Colombe ne me serrant brièvement la main.

— Tout le monde est en voiture ? demanda Robin.

— Je vais raccompagner Sandra, dit François.

Les invités protestèrent. La princesse glissa son bras sous celui de Sandra.

— Je revendique ce plaisir, dit-elle. Je m'en voudrais, mon cher ami, de vous laisser quitter votre charmante femme au milieu de la nuit ! Je dépose cette splendeur à son hôtel.

Les chevaliers servants étaient désarmés par cette candide vieille fée. Si je l'avais osé, je l'aurais embrassée une fois de plus.

— Souvenez-vous, mon ange, dit Patrice à mon oreille, je veux Élizabeth !

Sur le pas de la porte, Sandra s'arrêta.

— *Sono gratissima, è stata con me troppo gentile*, dit-elle en me regardant.

Puis elle parvint à dire :

— Meurci !

Tout le monde se mit à rire et la félicita de ses progrès en français.

La porte se referma sur eux. J'étais épuisée.

— Ouf ! ça y est. Réussi, hein ?

— Très réussi, dit François en bâillant.

Il enleva sa cravate et se dirigea vers la chambre.

— Je suis très contente du dîner, fis-je comme il disparaissait.

Il se retourna sur la porte :

— Très.

Il commençait à m'énerver. Je ramassai les cendriers du salon, entrouvris les fenêtres et portai les verres à la cuisine.

Quelques minutes plus tard, je le croisai à la porte de la salle de bains. Il était déjà en pyjama.

— Dégrafe-moi ma robe, s'il te plaît.

Il s'exécuta et tapota mon dos nu.

— Rien ne clochait ?

— Rien ! affirma-t-il.

— Tu crois qu'elle aura été contente ?

— Qui ?

— Ben, Sandra, voyons !

— Ravie. Tu as vu, elle ne savait comment te remercier.

Il se mit à rire et me dit :

— J'espère qu'elle ne va pas croire que tous les Français sont comme ceux de ce soir.

— Qu'est-ce qu'ils avaient, les Français de ce soir ?

Je sentais un vent de bataille qui montait en moi.

— Deux invertis, un producteur d'une honnêteté douteuse, une vieille folle, une langue de vipère, une petite...

— Je suppose, dis-je méchamment, qu'elle se sera trouvée dans son élément. Les dîners romains ne doivent rien avoir à envier à celui de ce soir... Si tant est que l'on invite cette fille dans la société romaine !

Je me vis alors dans les yeux de François. Je m'arrêtai. Il était triste et étonné.

— Je dis des bêtises, murmurai-je.

Je songeai : « Il ne faut plus jamais que je me laisse aller. Le chagrin rend vulgaire et je ne veux pas déplaire à François. »

— Je te demande pardon, dit-il en me prenant les poignets, tu as fait un très beau dîner, et ma seule réaction est de te faire une réflexion imbécile.

— Mais non !

— Mais si !

Il releva mon visage vers lui :

— C'était très amusant, c'était très bon, et j'aurais bien repris trois fois de la meringue glacée. Tu es très fatiguée et je te remercie pour ce soir, mais...

Il hésita, puis me regarda au fond des yeux :

— ... mais Sandra n'est pas... ce que tu disais tout à l'heure.

— Je sais bien, fis-je d'une toute petite voix.

QUATRIÈME CHAPITRE

Les amis abîment beaucoup les maisons. Le cendrier d'opaline verte était ébréché, un verre cassé et il y avait des ronds sur les guéridons. Hortense m'aida à remettre la maison en ordre avant de prendre le car de cinq heures pour Chauvry. Les Vergaux devaient lui ramener Élizabeth le lendemain et nous viendrions déjeuner, François et moi, le vendredi.

Je restai seule dans la maison et allai m'asseoir en face d'Élizabeth avec une tasse de thé. Non, jamais je ne vendrais ce tableau. J'eus envie de voir ma fille, de l'entendre pousser des cris dans le jardin, d'embrasser ses bras durs et ronds... ce n'était pas seulement un petit enfant qui mangeait son goûter que j'avais devant moi, c'était l'image du bonheur de Chauvry. Cette paix était loin du combat de la ville. Pourquoi étais-je à Paris ? A Chauvry, il y avait mon Élizabeth, Aristide nous réveillait en aboyant, les poules de la voisine lui répondaient, le soleil de septembre éclairait le paysage, mes pinceaux m'attendaient dans un pot de grès...

Mais, sur la bibliothèque, au pied du tableau, il y avait une pile de journaux que François avait rapportés à l'heure du déjeuner. En les feuilletant, je retrouvai ma souriante inquiétude. Le cocktail avait porté ses fruits. Après avoir lu la presse de la semaine, aucun Français ne pouvait ignorer le visage de Sandra. Et chaque Français pouvait constater comme moi qu'elle formait un couple ravissant avec le jeune homme qui était presque toujours photographié avec elle.

« Son charmant traducteur »,

« Le sympathique jeune romancier », disaient les journaux de Paris.

« Le séduisant jeune premier italien », affirmait une revue suisse.

« Son fiancé », écrivait un hebdomadaire du Centre.

Non, ma place n'était pas à Chauvry.

J'allai fureter dans la cuisine. Hortense nous avait préparé un petit dîner froid. Je dressai la table avec soin. Puis je mis un pantalon et un chandail de cachemire indien. Le lainage à volutes noir et or était si ajusté et épousait les formes de mon corps avec une telle exactitude que je n'avais jamais osé porter cet ensemble hors de chez moi.

Belle table, belle humeur, belle toilette... cette trinité domestique me semblait infaillible pour garder un mari.

« Au moins, j'aurai tout fait », pensai-je.

Il restait encore du temps avant l'heure du dîner. Je crayonnai vaguement un vase d'anémones. A chaque portière qui claquait sur le quai, je courais me pencher à la fenêtre. Je commençai à composer le numéro de Patrice, mais je m'arrêtai au dernier chiffre. Il risquerait de croire que je songeais à vendre Élizabeth. Vendre Élizabeth ! Cette idée me faisait rire. Il faudrait que je dise à François ce que Patrice m'avait proposé. J'avais oublié de le faire. Ce devait être étrange pour une femme de gagner beaucoup d'argent... Surtout pour une jeune femme. En général, ce sont les vieilles qui ont les bijoux et les fourrures.

— Il ne nous reste plus que cela, disent-elles. Vous, vous avez vos joues fraîches.

Si mes toiles se vendaient toutes le prix que Patrice m'avait dit, je deviendrais riche. Que ferais-je de mon argent ? Le bonheur ne s'achète pas comme une bague mais la richesse est séduisante. Les femmes devinent mieux que les hommes les artifices, car ils leur sont familiers. Et j'essayais de croire que François était davantage pris par l'exotisme de Sandra et son jeune faste que par Sandra elle-même. Je me demandais si elle gagnait beaucoup d'argent au cinéma ou si elle était entretenue. Aucun bruit ne courait sur elle, aucun homme ne l'avait suivie à Paris et c'était le premier voyage qu'elle faisait sans sa mère. Il est vrai que cela ne voulait rien dire...

Une portière claqua.

Ce n'était pas François. Je bâillai. Que faisait-il en ce moment ? Il faudrait que je lui parle. Aucun sujet ne devait nous être interdit. Et je ne pouvais rester ainsi à l'attendre chaque jour, chaque heure, Pénélope muette et sans tapisserie. Comme la vie allait d'un pas rapide et imprévisible ! Un mois plus tôt, nous étions couchés au soleil sur les rochers de Cap-Ferrat et j'ignorais que, mon mari et moi, nous étions deux personnes distinctes.

La lumière électrique me fit tressaillir. Je n'avais pas entendu François entrer.

— A quoi rêves-tu dans l'ombre ? me demanda-t-il.

— Je ne me souviens pas, mentis-je. J'ai dû m'endormir à moitié.

Je me levai en m'étirant avec un peu d'affectation, mais il ne le remarqua pas. J'essayai d'être gaie :

— Tu sais que j'ai travaillé comme un petit nain de la montagne ? Je te défie de trouver un seul mégot, un seul grain de poussière, une seule tache dans ta maison !

— Parfait, dit-il avec indifférence. Dis donc, si on allait dîner dehors ?

Je pensai à la table mise, au bouquet d'anémones, aux petits plats d'Hortense :

— C'est-à-dire que... le dîner est prêt. Il y a de la salade de crabe... et, comme nous ne déjeunons pas ici demain...

— Ah, oui, c'est vrai, les Charvey. Tu fais bien de me le rappeler.

— Et puis, je ne peux pas sortir comme ça, ajoutai-je en désignant ma tenue.

— D'accord, dit François. A propos des Charvey, qu'est-ce qu'on fait ? Je viens te chercher ici, ou tu passes au bureau ?

— Je viendrai, dis-je en allant vers la cuisine. J'ai des courses à faire dans le quartier.

A peine étions-nous assis à table que je regrettai de ne pas avoir accepté l'invitation de François. Depuis six ans de vie commune, nous ignorions ce que c'était que l'ennui. Et voilà qu'il s'installait entre nous. Sa présence pesante interdisait les joies les plus simples de la conversation, ôtait tout charme au silence. Je m'agitai sur ma chaise :

— Ça va, au bureau ?

— Très bien. Hortense est partie ?

— Oui, mon chéri.

— Rien de neuf à la maison ?

— Rien de neuf.

— Parfait.

Où étaient nos bavardages, nos rêveries et même nos disputes ? Je me tus jusqu'au dessert.

— Si on sortait prendre un verre ? demandai-je en me levant de table.

— Si tu veux, dit François. Je pensais travailler un peu, mais...

— Je t'en prie, chéri, je disais ça en l'air. Moi aussi, j'ai à travailler...

— D'accord.

Il sortit un manuscrit de sa serviette de cuir.

Je commençai à débarrasser la table. Quand je revins de la cuisine, les journaux qui parlaient de Sandra avaient disparu.

Je fis soigneusement la vaisselle. C'est une chose que je déteste. Je n'avais aucune raison de la faire. La concierge venait le lendemain matin, je n'avais qu'à tout laisser dans la cuisine. Mais je nettoyai passionnément les assiettes, les verres et les plats. Je les passai dans une, dans deux, dans trois eaux. J'abîmai le vernis de mes ongles avec le détersif. Puis, quand la vaisselle fut posée sur l'égouttoir, au lieu de la laisser sécher, je sortis un torchon propre et me mis à l'essuyer. Quand j'eus fini, il était dix heures moins le quart. J'allai dans ma chambre sortir le tailleur, les gants, le sac et les chaussures que je mettrais le lendemain pour déjeuner chez les Charvey. Je me démaquillai, fis couler un bain, me massai le visage. Je ne pus me détendre dans l'eau et sortis pour vernir mes ongles abîmés. Pendant qu'ils séchaient, ne pouvant occuper mes mains, je me sentis au bord des larmes. Ouvrant les portes avec précaution, j'allai trouver François :

— Tu ne veux rien boire ?

Il leva la tête de dessus le manuscrit :

— Hein ? Quoi ? Non, merci, rien.

— C'est bon, ce que tu lis ?

— Pas mal, dit-il en replongeant le nez dans son travail.

Je retournai dans la cuisine pour me faire du tilleul.

En prenant la boîte de tisane, je fis un mouvement maladroit et un peu de vernis encore humide s'en alla. J'en éprouvai une joie imbécile. Ma soirée avait un but, j'allais revernir mon index. Je pris deux tasses de tilleul et un comprimé de calmant. Je me couchai en songeant à ces chiens qui restent seuls des journées entières et deviennent enragés à attendre entre quatre murs que leur maître revienne du bureau.

*
* *

Naturellement, le lendemain matin, je dormais à poings fermés quand François se leva. Je l'entendis me dire :

— Alors, je t'attends en fin de matinée. Ne viens pas trop tard, petit loir.

Je grognai affirmativement. Il posa un baiser sur mes cheveux embrouillés et s'en alla. Je soupirai et retombai au fond de mon sommeil.

La voix de la concierge me réveilla :

— Madame, il est dix heures !

J'avais un goût de métal dans la bouche.

— J'ai plus rien à faire. Madame a fait toute la vaisselle, disait la voix avec un soupçon de reproche.

J'allai prendre mon petit déjeuner à la cuisine. Je ne parvenais pas à me réveiller. Quand je revins dans la chambre, la concierge m'arrêta pour me dire :

— J'ai vu la photo de Monsieur sur *le Parisien* d'avant-hier. Il est vraiment bel homme !

Comme nous disions avec mon mari, ça fait un beau couple !

— Oui, dis-je légèrement, ils sont tous les deux très beaux.

— Qui ?

Elle tenait un oreiller dans ses bras et me regardait avec stupéfaction.

— Monsieur et la dame qui est photographiée avec lui.

— Je parlais de Madame, me dit-elle.

Je restai interdite. Heureuse, j'aurais simplement ri de ce compliment. Mais, à ce moment-là, il devenait un présent infiniment précieux.

— Merci, vous êtes très gentille, murmurai-je.

Et j'allai m'enfermer dans la salle de bains.

Je m'aperçus soudain que je chantais et cela me fit du bien.

Nous allions déjeuner chez les Charvey. Les Charvey n'étaient pas seulement des amis. Ils étaient un couple ami de notre couple. François et moi nous étions serrés l'un contre l'autre dans le solide tissu des habitudes.

J'avais de nouveau envie des choses. Je fis changer le bracelet de cuir de ma montre, je portai des chaussures à réparer, j'achetai une boîte de poudre et un flacon de lait rose qui me parurent séduisants. Je ne me pressais pas, faisant mes achats dans le quartier de l'Opéra, à deux pas des Éditions du Siècle. J'entendis soudain sonner la demie de midi. Je courus presque jusqu'à la maison d'édition. Je montai l'escalier qui menait au bureau de François, frappai et entrai.

François était debout, face à Sandra qui me tournait le dos. Ils ne se touchaient pas, ils ne se parlaient pas, ils ne bougèrent pas à mon entrée. Je sentis que je venais de surprendre une chose plus grave qu'un mot ou qu'un baiser.

Je me mordis les lèvres pour ne pas dire : pardon. Sandra tourna son visage vers moi et je lus sur ses traits l'étendue de mon malheur. C'était le vrai visage d'un être qui souffrait. Il me sembla que j'étais victime d'une terrible injustice dans un combat où l'adversaire me volait mes propres armes. Je reconnaissais à Sandra sa beauté, son éclat, ses succès. Je lui accordais même un talent et une personnalité que le monde discutait encore. Mais je l'aurais voulue semblable à cette Colombine brillante et superficielle qui m'avait charmée le premier jour. Il m'aurait été doux que la Tiepola dût ses bijoux à de vieux messieurs, sa carrière à un producteur amoureux et sa réussite à une grande vulgarité de nature. Mais ce n'était plus la Tiepola que j'avais devant moi. C'était une femme triste et digne. Et moi qui la trouvais faite pour tous les biens de la terre, je souffrais de devoir lui reconnaître un cœur.

— J'avais peur d'être en retard, murmurai-je.

— Ça va très bien, dit François, nous allons partir.

Sandra était arrivée à me faire un petit sourire. Mais il n'y avait rien d'amer ni de mesquin dans le pli de ses lèvres. Nous n'avions pas pensé à nous serrer la main. Elle se tourna vers François et lui dit quelque chose que je ne cherchai pas à comprendre. Il hocha la tête et lui répondit brièvement. Elle le salua d'un geste et se dirigea vers la porte. En arrivant près de moi, elle s'arrêta, me regarda longuement et caressa ma joue du bout de ses doigts.

Après son départ, je restai muette. François mit quelques papiers dans sa serviette et attrapa son imperméable. Il ouvrit la porte et je descendis lentement l'escalier. Il donna des instructions au portier et j'allai m'asseoir dans la voiture. J'attendais un mot de François. Il me rejoignit, mit ses gants, vérifia la position du rétroviseur, tourna la clef de contact. Puis il se pencha vers moi qui n'osais pas le regarder et dit :

— Ça va. Nous y serons vers une heure cinq.

* *
*

Les Charvey vivaient des restes d'une assez belle fortune dans un appartement de la rue Raynouard. A notre coup de sonnette, il y avait toujours une galopade dans le couloir. La femme de chambre ouvrait la porte, Paul se précipitait et sa femme le bousculait pour être la première à nous embrasser. Mustard, le teckel, balançant ses panaches roux, sautait sur ses petites pattes. Quand un animal fait des frais pour des invités, il dit mieux que personne l'amitié d'une maison.

Nous avions connu les Charvey à Evolène. C'étaient nos premières vacances après notre mariage. Nous avions su qu'ils étaient français le jour du 14 Juillet. A cette occasion, la directrice de l'hôtel avait fleuri de petits drapeaux tricolores les vases de nos deux tables. Nous nous étions salués en riant au milieu de l'enthousiasme des pensionnaires belges, suisses et italiens. Le lendemain, M. Charvey nous avait fait servir une truite qu'il avait pêchée dans le torrent. Nous les avions invités à prendre le thé et nous avions fait connaissance. Deux jours après, ils rentraient en France. Mais nous nous étions revus à Paris, et, faisant mentir le proverbe, nous étions devenus amis avec ces relations de vacances. Ce qui nous avait rapprochés, c'était peut-être la différence d'âge. Paul Charvey avait soixante-dix ans et Madeleine une dizaine d'années de moins.

— Ils sont superbes, s'écria-t-elle.

Elle nous regardait comme si nous étions deux gâteaux sortant d'un four.

— Mes enfants, il faut que je vous prévienne, dit Paul, il n'y a rien à manger.

C'était un rite, il nous accueillait toujours ainsi.

J'étais venue tant de fois dans cette maison au temps de mon insouciance que les mots les plus simples et les plus affectueux se mirent à me blesser. Je m'approchai d'un miroir familier. Un peu pâle, un peu crispée. Mais peu m'importait. Je voyais une chevelure sombre, et un corps qui tournait lentement vers moi ce visage dont nul n'avait besoin de me traduire la souffrance...

— Vous êtes très bien coiffée, coquette, dit Madeleine en glissant affectueusement son bras sous le mien.

Je la suivis vers la salle à manger.

— Vous allez faire la connaissance d'une famille de soles naines et d'une très vieille poule au riz, me confia Paul comme nous nous mettions à table.

Mais si naines que fussent les soles, je ne pouvais en venir à bout. La consternation se peignit sur le visage de nos amis.

— Ma chérie, ce n'est pas raisonnable ; vous ne mangez pas, me dit Madeleine.

— Elle veut mettre son rond de serviette comme ceinture, plaisanta Paul.

Comment ne voyaient-ils rien ? Leurs inquiétudes à notre sujet se bornaient aux ennuis qui nous viendraient du dehors. Pour eux, nous étions toujours l'un près de l'autre, mains enlacées, comme leur jeune couple qui souriait depuis quarante ans dans son cadre ovale au-dessus de la cheminée.

— J'ai un peu trop travaillé ces derniers temps, expliquai-je en souriant. Ça m'abrutit toujours.

— Vous ne devriez pas la laisser se surmener, dit Paul à François sur un ton de reproche.

François hocha la tête. Il savait, comme moi, que je n'avais pas peint depuis près de huit jours. Mais nous n'en étions plus à nous demander des comptes.

A chaque grain de riz, je craignais de m'étouffer. La porte, la chevelure sombre, le visage...

— Et Babounette ? Elle doit être noire comme une olive, après la mer ?

— A propos, j'ai pour elle une petite veste brodée, que nous avons trouvée en Bretagne. J'espère qu'elle n'est pas devenue énorme et qu'elle lui ira.

— Si elle mange autant que sa mère, elle doit être une vraie miniature !

— Vous ne mangez pas assez, chérie, c'est vrai. La mer ne vous réussit peut-être pas ? L'année prochaine, vous devriez retourner à Evolène.

L'année prochaine ? Evolène ? Je n'osai pas regarder François. La tendresse des voix ignorantes me faisait mal. Ne pas penser à l'année prochaine, sourire, manger les grains de riz qui restaient dans mon assiette...

— Mustard, disait Paul, Mustard, vieille canaille, as-tu demandé des nouvelles d'Aristide ? Non, naturellement ! Vous savez que ce chien devient gâteux avec l'âge, c'est un spectacle affligeant ! Quand je pense qu'il y a dix ans, il était la perle de Deauville. Ah ! si vous l'aviez vu sur les planches avant-guerre, pendant la saison ! *Damned* Mustard !

— Quel âge a-t-il ? demandai-je.

— Il vient d'avoir quatre-vingt-onze ans, dit-il gravement.

— De chien, expliqua Madeleine.

Il valait mieux que nous disions des bêtises. On peut cacher bien des choses derrière un éclat de rire.

Vers trois heures, François se leva :

— Je vais être obligé de partir, dit-il. J'ai rendez-vous avec le patron pour signer le contrat d'un de nos auteurs.

— Mais vous, vous restez ? demanda Madeleine.

— Je suis désolée, je dois passer chez Patrice pour voir un acheteur américain.

Leur désappointement me fit de la peine. Bras ballants au milieu de leur salon, ils voyaient s'enfuir un après-midi de bon bavardage... J'aurais voulu pouvoir leur dire : « N'ayez pas peur, je vous aime, je reviendrai, laissez passer un méchant petit nuage. »

— Alors, on ne vous garde pas ?

— J'ai essayé de remettre ce rendez-vous, mais il n'y a pas eu moyen, expliquai-je.

— La prochaine fois, vous viendrez avec Babounette. Oh ! à propos, sa veste, chéri, va chercher la veste de la petite pour qu'ils l'emportent ! Et ne travaillez pas trop, mes enfants, profitez de votre jeunesse.

Le rituel du départ se déroulait devant la porte. Paul arriva, portant avec précaution la veste, enveloppée de papier de soie.

— Que vous êtes gentils ! dis-je en les embrassant.

On promit de se téléphoner dans la semaine. On s'embrassa encore. Puis, après une dernière caresse à Mustard qui frétillait aimablement sur le paillasson, François et moi, nous partîmes.

— Je t'amène à la Galerie ? me demanda-t-il.

— Non, dépose-moi à la Concorde. Il fait beau, je finirai le trajet à pied.

— C'est comme tu veux.

Nous roulâmes quelque temps en silence.

— Tu ne désires vraiment pas que je te rapproche davantage ?

— Non, merci, je t'assure.

De nouveau, le silence.

Quand on se connaît trop, on devient facilement des étrangers.

Un monsieur sort d'un déjeuner chez des amis. Il propose poliment de raccompagner une dame :

— Où puis-je vous déposer ?

— Ne vous détournez pas de votre route pour moi.

— Mais cela ne me gêne nullement...

... Et puis, ils ne savent plus que se dire. Il se raccroche à son volant, elle regarde droit devant elle.

— Les gens conduisent vraiment comme des fous !

François venait de parler.

Dans la voiture, la dame approuve d'un hochement de tête. Elle a hâte de quitter son compagnon. Bientôt, elle le fera arrêter au bord du trottoir. Elle lui tendra sa main gantée, sur laquelle il s'inclinera rapidement. Et ils s'en iront chacun vers sa vie.

— Là, au coin du pont, ce sera parfait.

François se rangea le long de la chaussée et porta une main à ses lèvres.

Je regardai la voiture démarrer et disparaître à quelques mètres de moi. Je me sentis seule sur la place aux lignes de pierre. Je me mis à marcher le long de la Seine.

Mais je n'allai pas chez Patrice.

Il n'y avait pas de rendez-vous. Il n'y avait pas d'acheteur américain.

J'avais quitté mes amis parce que je n'avais pas confiance en moi. Je pouvais garder mon secret dans la solitude. Mais, devant eux qui étaient toute indulgence et tout amour, je savais que j'aurais parlé.

Et ça, je ne le voulais pas.

CINQUIÈME CHAPITRE

Rien ne m'aide à mettre de l'ordre dans mes idées et à prendre des décisions comme une séance de dessin. La pointe tendre du crayon libère l'esprit et détend les nerfs. Au cours du week-end qui suivit le déjeuner chez les Charvey, assise dans le jardin devant mon paysage, je ne voyais pas l'arabesque que ma main traçait. Sur ma feuille blanche, notre aventure se déroulait comme sur un écran. Le feu de bois de ma première inquiétude, l'apparition de Colombine, la rose sur le velours noir, la scène du bureau... Je ne me disais plus : « Y a-t-il quelque chose ? » mais : « Qu'y a-t-il eu vraiment ? »

Ce qui me troublait et me rassurait, c'était le silence de François. Il ne m'avait rien dit, il ne me fuyait pas et il n'aurait certainement pas amené Sandra dans notre maison s'il avait décidé de la faire entrer dans sa vie d'une façon ou d'une autre. Mais, lui-même, savait-il bien encore ce qu'elle était pour lui ? L'oubliait-il, lorsqu'il se penchait, la nuit, sur mon visage ?

Au début, je voulais défendre mon bonheur comme une bête défend son terrier. Et, contre moi et mon bon droit, je ne voyais que les méchants, ceux qui prennent un plaisir défendu. Pas un instant, je n'avais prêté des sentiments humains à François et à Sandra. Bien sûr, le droit était de mon côté. A cause d'Élizabeth et de cet anneau que j'avais au doigt. Et peut-être surtout à cause de cette joie qui était la nôtre depuis si longtemps. Mais la possibilité de souffrir ne m'était pas réservée. J'avais vu sur le visage de Sandra l'image de mon propre désespoir. Parce qu'elle était venue lui dire adieu.

Ma main s'arrêta.

Il me parut qu'ils s'aimaient, qu'elle partait, qu'elle me laissait la place, qu'il en garderait toute sa vie le souvenir. Mais je ne voulais pas que mon mari se sacrifiât pour rester à mes côtés. Je ne voulais pas d'un compagnon attaché à moi par respect du devoir et de la foi jurée. Je valais mieux que des regrets. Si François devait finir ses jours avec moi, ce serait parce que François m'aimait.

Les femmes amoureuses savent que les beaux sentiments sont souvent une coquetterie du cœur. Je craignais de nouveaux charmes chez Sandra. Je connaissais François. Un renoncement pouvait l'attacher plus solidement qu'un empressement déplacé. Il aurait été mesquin et maladroit de profiter de tant de délicatesse. Je voulais que François me revînt, mais amoureux, conscient, heureux. Il n'était pas possible de le recevoir de la main généreuse de Sandra.

Pour cela, il n'y aurait pas de scènes, pas de cris, pas de larmes, pas de questions. Mais au lieu de finir le mois de septembre à Chauvry, je retournerais à Paris avec mon mari. Au lieu d'écarter Sandra, je serais la première à l'attirer.

Après avoir pris cette résolution, je me sentis mieux. Peut-être aussi parce que j'avais travaillé. Je caressai doucement la feuille noircie de lignes. Ce bonheur-là était intact. Aucun chagrin ne m'empêcherait de regarder autour de moi et de raconter ce que je voyais.

Il devait être quatre heures, le temps était lourd, François corrigeait des épreuves sur la table de pierre. Je me levai et lui criai :

— Si on allait marcher en forêt ?

— Dans un quart d'heure, me répondit-il.

Je montai dans ma chambre m'équiper pour la promenade.

La forêt de Montmorency, c'est notre forêt. Elle sait calmer bien des misères avec ses clairières moussues, ses mares pour rire et ses vrais sangliers.

Pour l'aborder, nous marchons toujours lentement car il y a une côte qui donne chaud et les montagnards savent ménager leurs forces. Tous deux, nous pouvons marcher pendant des heures sans dire un seul mot. Parfois aussi, François me raconte un roman d'un coupe-feu à l'autre. Mais, dans les forêts, il est merveilleux de se taire. On marche doucement et on les écoute vivre. Le derrière blanc d'un lapin jaillit d'un taillis pour disparaître derrière un arbre comme un lutin qui s'est laissé surprendre. La chute d'une baie sauvage sur la mousse remplit le silence de son immensité. Le froissement du vent dans les bouleaux emporte l'esprit vers le nord et les vieilles sagas. Et l'empreinte d'une griffe ou d'un sabot dans la terre grasse révèle la présence d'êtres mystérieux et fantastiques qui nous épient en retenant leur souffle chaud.

Comme chaque fois, nous nous sommes retournés au sommet de la côte pour regarder la maison dans le lointain. Le petit vermisseau sur la balançoire, c'était notre Élizabeth, surveillée par Hortense posée au milieu du jardin comme une Baba russe en bois peint. Un peu de fumée bleue sortait du toit. Des bruits lointains de bétail et de basse-cour étaient seuls à monter jusqu'à nous. Les lumières de la ville étaient loin. Derrière les arbres, il y avait la route vers les désirs et les ambitions des hommes. Mais rien de ce fracas, de cette fièvre, ne traversait la forêt et sa mousse était pure comme celle d'un bois sauvage.

Comme chaque fois, François posa sa main sur mon épaule et nous continuâmes notre cheminement. Les feuilles étaient vertes, tachetées de jaune, douces et souples. Mais leur mort n'était pas loin. Encore quelques dimanches et nos pas les froisseraient, sèches et dorées sur le sol.

— Un cèpe !

Le champignon sortait d'une plaque de mousse, coiffé d'une herbe folle.

Je le cueillis délicatement et le gardai au creux de ma main. Il était dur et sain avec son pied blanc et sa calotte brune.

François se mit à scruter le sous-bois. Mais il ne trouvait jamais de champignons. Parfois de fausses oronges, car elles piquent les tons verts et fauves de leurs taches rouges.

Agenouillée au pied d'un hêtre, je défis mon foulard pour y installer de nouveaux champignons.

— Comment fais-tu ? dit François.

Il se baissa précipitamment et cueilli un caillou brun qu'il envoya rouler. Un merle se mit à chanter.

— Il est vrai que tu es un peu fée, ajouta François.

— Je vois beaucoup de choses dans les forêts.

— Pas seulement dans les forêts, dit-il doucement.

Mon cœur se mit à battre.

— François, demandai-je en nouant les quatre coins de mon fichu, tu crois aux fées ?

Il avait l'air très triste.

— C'est difficile... même quand on vit avec la dernière... Il faudrait que je te dise...

— Oh ! regarde !

Le champignon avait jailli du sol par miracle. Je le sortis de terre avec d'infinies précautions. François s'était tu. Je savais qu'il ne parlerait plus et que cela était bien.

Je caressai le petit champignon. Il était minuscule et fondrait dans l'omelette sans laisser de traces. Peu importait. Il avait accompli sa tâche sur la terre.

*
* *

— Est-ce que ça prend corps, les projets de Bernard Robin pour Sandra ? demandai-je à François tandis que nous roulions vers Paris le lundi matin.

— Je ne sais pas, répondit-il, mais c'est toujours très long et compliqué de mettre une production sur pied.

— Et ce film extraordinaire dans lequel Verneuil l'a vue à Rome, quand passera-t-il en France ?

— Tu me demandes des choses que j'ignore.

— Je voudrais savoir si elle part tout de suite, ou si elle reste quelque temps à Paris ?

— Pourquoi ?

Il était extrêmement attentif.

— Elle me paraît toute seule à Paris. Sans famille, sans petit ami, sans protecteur...

— Et alors ?

— Eh bien, je pense que ce n'est pas très drôle de se trouver dans une ville étrangère dans ces conditions et il me semblait que ce serait gentil de l'inviter. Par exemple, nous aurions pu l'emmener dîner quelque part, ce soir.

François regardait droit devant lui sur la route. Je savais qu'il ne prenait pas mon invitation à la légère. Et je me disais que j'étais folle d'être avec moi plus sévère que le destin lui-même.

— D'accord, dit-il enfin. Mais... — il hésita — es-tu sûre qu'elle ne va pas te fatiguer ?

— Pourquoi me fatiguerait-elle ?

— Parce qu'elle est un peu envahissante... Et puis, vous êtes si différentes !

Cette différence sautait aux yeux par des traits aussi évidents que la couleur des yeux et des cheveux. Mais cela me fit mal qu'il nous eût comparées.

— Mais, François, rien n'a plus d'attrait pour moi que ce que je ne connais pas !

— Tu as raison. Et, du reste, si vous pouviez vous comprendre, je suis sûr que vous auriez de la sympathie l'une pour l'autre.

J'eus envie de rire car les hommes ont un côté candide quand ils disent aux femmes qui se les disputent : « Aimez-vous les unes les autres. »

Mais je faisais des progrès dans l'art de la dissimulation :

— Si Sandra ne m'était pas, déjà, sympathique, je ne te proposerais pas de dîner avec elle. Le dîner de mardi dernier, à la maison, c'était le devoir ; celui de ce soir, ce sera le plaisir.

Ce fut un étrange plaisir. François avait téléphoné à Sandra en ma présence. Bien qu'il s'exprimât en italien, je remarquai qu'il insistait sur le fait que sa femme avait eu l'idée de ce dîner. Il me sembla, du reste, que ce fut ce qui décida Sandra. Ils convinrent que nous passerions la chercher à son hôtel vers neuf heures.

A neuf heures trente, nous l'attendions encore, affamés et écroulés dans les fauteuils du

Royal-Monceau. François était mal à l'aise. Il me surveillait du coin de l'œil, connaissant mon aversion pour les femmes mal élevées. Mais j'avais décidé d'être admirable et les circonstances semblaient me donner le beau rôle.

— Tu vois, dit-il vers neuf heures trente-cinq, elle est un peu inattendue.

— Je la trouve plutôt attendue ! m'écriai-je avec un esprit facile qui ne fit rire que moi.

Je me replongeai dans une revue mondaine où j'appris qu'une petite fille des Hohenzollern avait fait un parcours remarquable au golf du Country Club de Johannesburg.

— Veux-tu boire quelque chose, mon ange ? me demanda François qui n'avait jamais eu autant d'attentions.

— Non, merci, je n'ai pas soif. Oh ! chéri, savais-tu que le représentant du Shah avait donné un bal mauve à Venise, p.p.c. ?

— Non, dit François qui était prêt à s'intéresser à tout pour me faire plaisir.

Je posai mon journal.

— Elle te faisait toujours attendre autant ?

— Comment ?

— Eh bien, quand tu sortais seul avec Sandra, était-elle aussi lente à se préparer ?

— Je dois dire qu'elle est rarement exacte.

Je me permis un rire charmant. Le beau rôle continuait.

— On ne peut rien t'infliger de pire, mon pauvre chéri ! Voilà où mène la littérature ! Cette fille est étonnante, je ne sais pas comment elle fait, on lui passe tout... même moi.

— Oui, dit François.

— Tu me vois, dans un hall d'hôtel, attendant une autre femme aussi longtemps ?

— Non, dit François.

— Non, bien sûr. Mais cette pêcheuse de poulpes m'amuse jusque dans son manque d'éducation.

— Ah! la voilà! s'écria-t-il avec un soupir de soulagement.

Je pensai « déjà », et me tournai vers l'ascenseur.

Une sorte d'arbre de Noël scintillant venait vers nous. Et moi qui portais un de ces petits tailleurs noirs qui sont, dit-on, toujours dans la note, il me sembla que j'étais prise en faute. Il y a des femmes, Sandra était de celles-ci, qui donnent le ton. Elles peuvent arriver en pantalon de futaine au bal des Petits Lits Blancs, en robe de brocart sur une plage, ce sont elles qui ont raison. Il n'existe pas de norme, de loi et d'usage pour elles. Il n'y a que leur idée du moment traduite par une image. Les autres femmes essaient de les trouver ridicules mais, au fond, elles les envient. Et, quand les hommes sourient sur leur passage, c'est qu'ils savent qu'elles ne seront jamais à eux.

Sandra se précipita vers moi avec plus d'excuses que je n'en demandais. Que je comprenne mal l'italien ne la gênait nullement. Heureusement, dans bien des langues, les mots qui parlent de publicité ont une origine américaine qui me renseigna. Elle avait posé tout l'après-midi pour un photographe de *Life* qui l'avait trouvée si photogénique, si *sexy*, si *glamourous* qu'il ne l'avait lâchée qu'à huit heures.

— *Così stanca! Così stanca!* gémit-elle avec une mimique expressive.

— Fatiguée, me traduisit François.

— Merci, j'avais deviné. Alors, elle doit vouloir se coucher de bonne heure?

A son tour, Sandra avait deviné. Elle m'expliqua qu'elle avait faim et qu'elle espérait s'amuser toute la nuit. J'eus peur, en la voyant s'agiter, qu'elle ne se mît à danser le charleston dans le hall.

Mais, déjà, elle nous poussait avec autorité vers la voiture. Elle refusa de monter auprès de François et, s'installant à l'arrière, elle étala sa jupe et ses cinq ou six jupons, ne cessant de raconter sa journée avec une vélocité qui me fit perdre le fil de la conversation.

Etant donné la façon dont Sandra s'était habillée, nous ne pouvions l'emmener que dans un endroit élégant. C'était notre seule chance de passer inaperçus. Je ne savais pas encore qu'avec Sandra on ne passait jamais inaperçu.

Elle entra dans le restaurant comme un cheval de cirque entre en piste. Elle s'arrêta sur le seuil et promena son regard sur la salle entière. Elle eut un geste pour faire glisser de son épaule son étole de vison, un mouvement de tête pour le maître d'hôtel, un sourire pour le gérant qui se précipitait. Elle avait réussi son entrée. Les conversations avaient cessé. Et personne n'aurait de repos et ne pourrait goûter la cuisine du chef avant d'avoir mis un nom sur son visage. Les femmes avaient un air boudeur qui signait son succès encore mieux que les regards des hommes. Elle refusa la première table que le gérant nous offrit. Elle aurait voulu celle qui était près de la cheminée de verre, mais elle était déjà occupée par un couple. Le gérant était désespéré. Moi aussi. Sandra faisait une moue exquise. Nous avions l'air d'épaves, bras ballants au milieu de l'attention générale. Soudain, elle aperçut une table libre dans un renfoncement. Elle se dirigea vers elle, dérangea un vieux monsieur distingué, le remercia avec tant de chaleur qu'il devint aussi coloré que sa rosette, nous appela et s'installa avec un soupir de satisfaction.

Le gérant se pencha avec grâce à mon oreille :

— Je vous demande pardon, Madame, n'est-ce pas Mlle Sandra Tiepola qui vous accompagne ?

Je fis un signe de tête affirmatif et, satisfait, le gérant s'en alla répandre la bonne nouvelle à travers la salle.

Sandra me tendit le bras et me fit asseoir à côté d'elle sur les volants de ses jupons. Son nom courait de table en table, et, heureux de souper à côté d'une célébrité, les dîneurs retournaient à leur sole meunière et à leur tournedos avec appétit. En apprenant que c'était une actrice, les femmes avaient perdu leur agressivité. Elles observaient la robe romaine, les bijoux florentins, le sac milanais de Sandra. Le lendemain, elles diraient :

« Nous avons dîné, hier soir, à côté de cette ravissante Italienne dont on parle tant en ce moment, vous savez. Eh bien, elle est vraiment très simple et très sympathique. »

Sandra ne pouvait se décider à commander. Toute nourriture qui n'était pas italienne lui paraissait barbare. Elle arriva enfin à obtenir un poulet aux poivrons qui ne figurait pas au menu. Les yeux des dîneurs revenaient sans cesse vers elle. Ils glissaient parfois sur François et moi avec curiosité. Je pense qu'ils me prenaient pour une secrétaire de la vedette. Et ils devaient se demander à qui appartenait le jeune homme.

Sandra renvoya deux fois son poulet à la cuisine. Le maître d'hôtel paraissait ravi de ses exigences. Malgré tout, je ne parvenais pas à la trouver détestable. Il m'arrivait même d'éclater de rire en l'écoutant. Elle parlait sans arrêt, avec des gestes gracieux pour souligner ses affirmations. Je suivais avec peine. Il était question de sa maman qui était la meilleure du monde, des soirées romaines qui voient l'aube se lever, d'un producteur allemand qui lui avait proposé un film, des ouvrières de Schubert, son couturier, qui avaient passé trois nuits pour lui finir une robe de dentelle verte, de l'élégance des dames de Florence, de Milan, capitale de l'Europe.

Comme François avait dû aimer sortir seul avec elle ! Je lui en voulais de s'être laissé prendre à ce piège, mais c'était un piège si séduisant. Sandra était plus dangereuse que si elle avait été le type classique de la mauvaise femme. Elle attirait la sympathie, tout en restant l'actrice brillante et enviée. Mais, à vrai dire, Sandra n'était pas une actrice. Elle était un produit du cinéma. Il n'y avait pas en elle de vocation. La volonté d'arriver lui en tenait lieu, servie par une chance fidèle et une certaine application. Le monde était le théâtre où elle était en perpétuelle représentation. Rien n'est plus précaire que la gloire de ces petits chefs-d'œuvre de chair. Hors de leur image, les Sandra n'existent pas. Et la destruction qui les guette rend leur passage dans la vie d'autant plus éclatant. Jamais ma renommée de peintre ne ferait retourner les têtes sur mon passage. Sauf peut-être quand je marcherais courbée sur les enfants d'Élizabeth.

Nous nous sommes trouvés les derniers dans le restaurant. Le gérant attendait discrètement, son livre d'or sous le bras. Sandra avait passablement bu. Mais ce n'était pas seulement le châteauneuf-du-pape qui était cause de sa gaieté. Quelques jours plus tôt, j'en étais sûre, elle était prête à s'effacer, à me laisser la place. Et, moi-même, je l'avais rappelée, je l'avais replacée en face de François, je lui avais accordé le droit au combat. Je savais qu'elle en userait. Les hostilités étaient commencées.

SIXIÈME CHAPITRE

Le lendemain, vers cinq heures, on sonna à la porte de l'appartement. J'allai ouvrir et je me trouvai devant une petite jeune fille inconnue. Ses cheveux étaient séparés en deux nattes. Son visage était sans fard. Elle portait un pantalon, un chandail et un gilet de laine. C'est seulement quand elle ouvrit la bouche que je reconnus Sandra. Elle semblait ravie de mon air surpris. Je la fis entrer en lui demandant de parler lentement. Elle me montra un filet rempli de provisions qui pendait à son bras et me dit:

— *Dove è la cucina?*

Je la pris par la main et la menai vers la cuisine. Elle posa son filet sur la table et demanda:

— *Grembiale?*

Cette fois, je ne comprenais pas. Mais elle passa les mains sur son ventre et ses hanches et fit le geste de nouer un cordon. Je sortis deux tabliers de satin dégravé. Elle en prit un, quitta son gilet et serra au maximum sa taille mince. Elle était charmante et avait l'air d'une princesse déguisée. Je comprenais le producteur qui l'avait rencontrée dans la *panetteria*. On ne pouvait pas l'accuser d'être sophistiquée avec ce visage nu et ce vêtement de petite fille qui soulignait toutes les courbes de son corps. Avec ses sandales plates, sans bijoux et sans fourrures, elle avait l'air encore plus jeune.

— *Fazzoletto*, demanda-t-elle en tirant sur ses petites nattes.

A force de gestes, elle me fit comprendre qu'elle voulait mettre un foulard pour protéger ses cheveux de la graisse et des odeurs de cuisine.

Quand ses manches furent retroussées, ses nattes roulées dans un carré de coton et son pantalon protégé par le tablier, elle vida son filet sur la table. Elle avait l'air étonnamment grave. Ce n'était plus l'insupportable créature qui mécanisait les maîtres d'hôtel, c'était une ménagère économe qui préparait le repas. Pendant des siècles, dans son village de Sicile, les femmes avaient nourri leurs hommes avec ce même respect. Et cette fille, à qui l'on avait appris que le monde entier pouvait payer très cher le plaisir de la voir, retrouvait, devant le pain, l'huile et le sel, la lente gravité des femmes de son sang.

Elle me demanda si je connaissais la bonne cuisine italienne. Je lui dis que non. Elle eut un petit sifflement prometteur et me dit simplement :

— *La Tiepola è una cuoca maravigliosa.*

Quand j'eus appris que le jambon était du *prosciutto*, les oignons des *cipolle* et la râpe à fromage une *grattugia*, il était sept heures et demie et nous baignions dans des vapeurs fleurant l'ail et la tomate. Nous échangions de longues phrases coupées d'éclats de rire chaque fois qu'un mot arrêtait notre conversation. Je parlais un italien de cuisine farci de gallicismes, de latin et de français. Sandra referma la porte du four sur ses escalopes, me fit asseoir en face d'elle sur la table de la cuisine et entreprit de m'apprendre une chanson. Je savais déjà le second complet et nous le chantions à tue-tête quand François ouvrit la porte. Le chant s'arrêta. Nous nous amusions bien, nous ne pensions pas à lui. Et voilà qu'il arrivait. Il nous considéra et me demanda sans beaucoup de chaleur :

— En quoi êtes-vous déguisées ?

— En *cuoche italiane*, lui répondis-je. Tu vas manger des *cipolle* à la *pomodòro* et des...

— Tu parles italien, maintenant ?

— J'ai un excellent professeur particulier, dis-je en désignant Sandra.

— Alors, on dîne ici ?

— Ça me paraît évident. Nous n'allons pas manger la cuisine de Sandra sur le quai !

— Bien sûr ! répondit-il avec agacement, je demandais ça simplement parce que j'ignorais que nous avions ce soir un dîner italien à la maison.

— Mais je l'ignorais aussi, chéri, c'est une surprise de Sandra.

— Parfait ! dit-il.

A qui jouait-il sa scène de jalousie ?

Sandra lui prit le bras et lui dit :

— François, *sua moglie è una stella d'oro* !

— Qu'est-ce que je suis ? demandai-je.

— Une étoile d'or, répondit-il sans enthousiasme.

— Oh, merci ! Dis-lui qu'elle est un amour.

— Elle a très bien compris. Alors, ce dîner, il est prêt ?

Sandra lui dit quelques mots en le poussant vers la porte. Il tourna vers moi un regard désolé :

— Elle veut que je mette la table, dit-il.

C'était trop beau ! François a toujours détesté les besognes domestiques. Depuis que nous avions Hortense, il ne s'occupait de rien dans la maison.

— Va mettre la table, mon chéri, nous venons tout de suite, dis-je en réprimant une envie de rire.

Il s'en alla.

— *Ecco!* conclut Sandra.

François passa la tête par la porte entrebâillée :

— Où sont les assiettes ?

— Dans le placard de la salle à manger, avec les napperons. Les verres sont dans le buffet.

— Bon, fit-il d'une voix lugubre.

Il disparut à nouveau.

Sandra se frappa le front :

— *Vino!*

Je rappelai François :

— Chéri ! Descends vite chez l'Italien de la rue de la Huchette chercher une bouteille de chianti.

— *Due*, dit Sandra.

— Et le couvert ? demanda François.

— Tu le mettras après, mon trésor, fis-je d'une voix douce.

— D'accord.

Après son départ, Sandra renifla ses mains avec dégoût. Je la conduisis à la salle de bains. Elle enleva le tablier et le foulard.

— *Buona cuoca, ma bella donna*, dit-elle en se brossant les ongles.

Mais elle refusa la poudre et le rouge. Elle respira mon parfum tandis que je me vaporisais et le déclara trop jeune pour elle. Cette petite fille aux tresses était touchante avec ses principes de vamp.

François était remonté et je guettais des bruits de vaisselle cassée. Mais il ne cassa rien. Il oublia seulement les verres, le sel, le poivre et le pain.

— *Andiamo a tavola!* s'écria Sandra en posant la cocotte sur la table.

C'était abondant, curieux et épicé. La *cuoca* nous surveillait du coin de l'œil et remplissait notre assiette à chaque bouchée. Si nous n'avions pas aimé sa cuisine, je crois qu'elle aurait pleuré. Heureusement, les bouteilles de chianti aidaient à la disparition des pâtes fraîches et donnaient un ton jovial à la conversation.

— *Sandra è une stella d'oro*, dis-je en attaquant ma deuxième escalope.

Elle applaudit et leva son verre à ma santé. Notre gaieté avait gagné François. Il ne boudait plus au spectacle de notre affectueuse complicité. Je demandai à Sandra si elle pouvait venir le lendemain à un vernissage avec moi. Elle accepta avec empressement. Je fredonnai la chanson qu'elle m'avait apprise dans la cuisine :

— *Brava*... m'encouragea Sandra.

Puis, elle se tourna vers François et lui dit une phrase dans laquelle je saisis seulement le mot « bateau-mouche ».

— Qu'est-ce qu'elle veut faire avec le bateau-mouche ? demandai-je.

— Elle voudrait que je retrouve une chanson qu'elle a entendue sur le bateau-mouche.

— Comment peux-tu la retrouver, puisque c'est elle qui l'a entendue !

— Elle l'a entendue un soir où nous avons dîné tous les deux sur le bateau-mouche, dit François sans me regarder.

La trêve était finie. Je n'entendais plus le murmure de Sandra. Je voyais un bateau-mouche illuminé fendre l'eau noire de la Seine en emportant des amoureux jusqu'à Saint-Cloud. Quand nous étions très pauvres, nous disions parfois :

— Un jour, nous irons sur le bateau-mouche, nous jetterons du pain aux poissons et aux mouettes et nous serons deux petits navigateurs de Paris...

Quand l'argent fut là, le temps manqua. Mais souvent, quand le petit navire passait sous nos fenêtres, nous nous promettions d'aller un soir dîner sur l'eau.

François avait fait le voyage. Sans moi. Il en connaissait la valeur, puisqu'il ne m'en avait pas parlé. S'il était rentré une nuit à Chauvry en me disant :

« J'ai dîné sur le bateau-mouche avec la panthère », j'aurais eu de la peine, mais la blessure franche aurait vite cicatrisé.

Je savais pourtant que ce sont les étrangers qui font visiter Paris aux Parisiens. Sans ma cousine de La Rochelle, je ne serais jamais montée sur la dernière plate-forme de la tour Eiffel. J'avais beau me dire qu'il était aussi normal que Sandra ait emmené François sur l'eau, j'étais jalouse de leur complicité. Au-delà de la pure jalousie des corps, il y a celle des mille petits riens de la vie. J'étais jalouse de ce bateau-mouche, de leur table sur le pont, de l'île Saint-Louis, de Notre-Dame, du Vert-Galant, des arches de pierre, des frontons de la Concorde et de cette chanson que Sandra cherchait toujours.

— *Non mi ricordo più*, dit François.

J'avais trop de peine pour lui savoir gré de cette délicatesse. Je les laissai bavarder et me levai pour débarrasser la table. Tout rentrait dans l'ordre et reprenait ses véritables proportions. Je comprenais qu'il ne suffisait pas d'ouvrir les bras à une autre femme pour qu'elle cesse d'être dangereuse. Sandra avait-elle fait allusion au bateau-mouche pour m'éprouver ? La cuisine italienne pesait sur mon estomac. Mais, maintenant, il fallait que je joue jusqu'au bout ce rôle que je m'étais imposé. La porte s'ouvrit sur Sandra qui rapportait la corbeille de fruits et les verres. Elle me gronda gentiment parce que je faisais seule tout le travail. Je lui souris tandis qu'elle m'arrachait la cafetière des mains. Elle huma le café d'une narine défiante et me dit :

— Le café, en Italie... merveilleux !

Elle en but cependant et nous expliqua qu'il fallait qu'elle s'en aille de bonne heure, car elle faisait, le lendemain matin, des essais à Joinville pour le film de Robin. En principe, les prises de vues auraient lieu dans les Alpes, au cours de l'hiver. Elle n'avait pas encore signé son contrat, car elle attendait que son dernier film vienne à Paris pour faire monter les prix.

— Beaucoup de millions ! Beaucoup de millions ! répétait-elle en secouant ses petites nattes autour de son visage pur.

Je lui demandai si ce fameux film allait bientôt arriver à Paris. Elle me répondit qu'il y aurait un gala vers la fin du mois. Puis elle se leva en me priant de venir la chercher le lendemain vers quatre heures. J'étais soulagée de la voir partir. Mais à l'idée que François allait la raccompagner chez elle, la jalousie me reprit. J'attendais qu'ils me proposent de venir avec eux. La proposition ne vint pas. Sur le pas de la porte, Sandra m'embrassa affectueusement.

Je restai seule, essayant de ne pas évaluer le temps que François mettait à la raccompagner. J'avais, du reste, suffisamment de pensées pour m'occuper. Je ne pouvais oublier le bateau-mouche. Je les avais surpris en flagrant délit du bonheur d'être ensemble. Rien ne me prouvait que le corps délicieux de Sandra, que le corps de François que je connaissais par cœur, rien ne me prouvait qu'ils s'appartenaient. Mais je savais qu'ils avaient goûté l'innocent plaisir de respirer l'un près de l'autre. Et je ne pouvais pardonner à François le vin qu'il avait bu avec elle à une table où il n'y avait pas de verre pour moi.

Il revint si vite que je tressaillis en le voyant entrer.

Nous n'avons pas fait allusion au bateau-mouche. Nous n'avons pas non plus parlé de Sandra. Mais, au moment de nous coucher, François me demanda de lui préparer un verre de bicarbonate :

— Car, me dit-il, je me méfie de cette cuisine à l'huile.

J'allai dans la salle de bains et furetai dans la pharmacie en chantonnant, animée par un vague sentiment de solidarité nationale.

SEPTIÈME CHAPITRE

Je remontais la rue Saint-Honoré à pied. J'étais en avance pour notre rendez-vous. Rien ne me pressait et je pus m'arrêter devant les plus belles vitrines du monde. Des biches empaillées, corsetées de peau violette, coiffées de tiares, regardaient la foule avec des yeux de femme. Dans leurs cercueils capitonnés de satin, les parfums avaient des noms de poèmes. Nu, sur le velours noir, un diamant brillait, lourd de drames. C'était la ville précieuse et vénale. J'avais souvent rêvé d'être un jour une de ces touristes aux bras chargés de paquets que l'on croise entre la place Vendôme et l'Élysée, et de rentrer le soir dans un hôtel à cinq tourelles...

A quatre heures, j'arrivai au Royal-Monceau. Naturellement, Sandra n'était pas prête. Mais l'employée de la réception me pria de monter dans sa chambre.

« Si un jour, je suis touriste à Paris, c'est ici que je descendrai », décidai-je, dans l'ascenseur.

Tout était tiède, feutré, discret, fleuri, moelleux et confortable. Le personnel était souriant, les moquettes profondes, l'éclairage doux.

Le liftier m'accompagna jusqu'au vestibule de l'appartement. J'entrai dans un petit salon encombré de malles, puis dans une chambre vide. Je veux dire qu'elle était vide de la présence de Sandra. Le lit était défait, la commode laissait échapper des grappes de vêtements, les tables étaient couvertes de flacons, de vaporisateurs, de tubes et de pots de crème. Je cherchai un siège des yeux. Jupons en l'air, des robes occupaient tous les fauteuils. Je m'assis sur le lit. La voix de Sandra sortit de la salle de bains pour me souhaiter la bienvenue. Quelques revues italiennes traînaient sur les couvertures en désordre. Le parfum de la jeune femme flottait dans la pièce aux fenêtres fermées.

— Bonjour, ma belle, dit sa voix, tout près de moi.

Je ne l'avais pas entendue venir sur ses babouches dorées. Elle portait un déshabillé et une chemise de nuit en nylon plissé tellement transparent que je pourrais désormais dessiner son corps de mémoire. Elle m'expliqua qu'elle avait tourné toute la matinée à Joinville et qu'elle était si fatiguée qu'elle s'était endormie après le déjeuner. Elle brancha un pick-up, posa devant moi une boîte de bonbons et un paquet de cigarettes, prit une brassée de nylon dans une valise et retourna dans la salle de bains.

« *Ti voglio bene, tanto bene* »... chanta le pick-up. Il était posé à même le sol et la voix semblait sortir de sous le lit.

Tout ce qui m'entourait était si intime et féminin que je me sentis mal à l'aise. François était-il venu ici ? Avait-il été reçu dans ce séduisant désordre ? Moi-même, j'étais sensible au charme de cette chambre, avec ses placards entrouverts sur des fourrures, ces bijoux qui traînaient, ce grand lit froissé.

Mais, pour que le désordre soit séduisant, il faut qu'il soit somptueux.

« Beaucoup de millions, beaucoup de millions », nous avait dit Sandra.

C'était une femme d'affaires raisonnable. Tout ce qu'elle faisait était sagement prévu. Elle devait dépenser une fortune pour occuper cet appartement. Ce n'était pas par goût du gaspillage mais par souci de soutenir son standing. Dans ce cadre, elle pouvait recevoir des journalistes, chaussée de pantoufles, vêtue d'un vieux chandail, et leur préparer une tasse de « bon café » dans un coin de la chambre, ils ne la prendraient pas pour une petite actrice en quête d'engagements. Tour à tour vamp ou ingénue, elle semblait insouciante parce que les hommes trouvent cela charmant. Tout était logique et cohérent dans sa carrière. Tout, sauf son attitude vis-à-vis de François. Elle n'avait plus besoin de lui. Il ne lui était plus d'aucune utilité. L'intérêt qui l'attachait à lui ne pouvait être que sentimental. Et assez puissant pour l'arrêter sur la route de l'ambition et lui faire perdre son temps et ses pensées.

Une pile de « Sandra et le Septième Art » était posée sur la cheminée. Sur la table de chevet, j'aperçus une sorte d'autel à la famille avec plusieurs photos dans de grands cadres de cuir. Sur l'oreiller, il y avait un léopard en peluche qui me fit sourire. Et tout à coup, sur la coiffeuse, je reconnus trois petites silhouettes familières. A la place d'honneur, serrés entre deux serre-livres d'argent massif, les trois romans de François.

A chaque nouvelle découverte de leur amitié, il me semblait que François avait passé une vie entière aux côtés de Sandra. Pourtant, il est bien anodin de dédicacer ses livres à une femme. J'essayais de me représenter la scène, je trouvais des formules charmantes, je l'imaginais les lui apportant à cette même place...

« *Resta vicin' a me, ti voglio bene, tanto bene...* »

Ce disque était trop tendre pour mon humeur.

Qui sait si Sandra n'avait pas placé ces romans en évidence pour que je les voie ? Il suffisait que je tende la main, que je cherche la page de garde, que je lise la dédicace... Je regardai le premier livre. Comme nous étions heureux alors ! Nous venions de nous marier. Le livre m'était dédié. Pauvre François, comme il avait travaillé ! Rien ne nous menaçait, fors les quittances de loyer et les notes de gaz. Le deuxième roman avait payé le toit de Chauvry. Le troisième était sorti l'année passée. Une belle année. Rien à lui reprocher. J'avais eu le plus merveilleux, le meilleur mari de Paris. Il avait trente-deux ans et il était heureux. J'avais cru que c'était à cause de cet univers que nous avions formé, Élizabeth, nos habitudes et moi, autour de lui. Mais il était heureux à cause de lui tout seul, parce qu'il était devenu un homme. Les hommes aiment le travail, la puissance, le succès. Mais ils aiment aussi l'amour des femmes. Il avait le mien. Il lui était resté fidèle, négligeant celui de beaucoup d'autres, jusqu'au jour où Sandra était arrivée. Tout en elle était nouveau pour lui. Sa race, son métier, ses habitudes. Elle ne parlait pas comme moi, elle ne riait pas comme moi, elle ne devait pas dormir comme moi. Les différences de nationalité se retrouvent jusque dans les parfums. Et l'exotisme est toujours séduisant. Surtout lorsqu'il s'agit d'une créature aussi brillante que Sandra qui s'arrête pour vous aimer alors qu'elle est faite pour que tous les hommes la désirent.

Je l'entendais chanter dans des bruits d'eau. Elle devait prendre un bain.

J'étais seule. Il me suffisait d'étendre la main, de chercher la page de garde...

Mais je n'ai pas tendu la main. Je ne voulais pas d'un verdict entendu par une porte entre-bâillée. Si François ne m'aimait plus, c'était à lui de me le dire.

Sandra revint de la salle de bains, pieds nus, les cheveux épars sur ses épaules brunes, plus Colombine que jamais avec son jupon et son bustier blancs. Sa beauté ne cessait de me surprendre. Je m'aperçus que je la regardais pour la première fois avec l'œil que j'avais pour mes modèles. Le visage était parfait, délicieux, les épaules et le buste, les bras et les mains aussi. Elle essayait de mettre un peu d'ordre autour d'elle, entassant des vêtements dans un tiroir, s'énervant contre un placard qu'elle ne pouvait fermer. Elle trépignait et je remarquai pour la première fois ses pieds un peu lourds. J'avais envie de dessiner et cela me remplit de joie. Je savais que je pourrais faire un portrait de Sandra pur de toute jalousie. Je travaillerais à lui rendre sa beauté patricienne soutenue par ces deux pieds d'enfant pauvre. Toute la splendeur d'une race était épanouie en cette jeune femme et s'appuyait sur la misère de ces pieds faits pour courir le long des plages sauvages, pour marcher sous la pluie, le vent, le soleil, foulant les algues et les coquillages, pour attendre désespérément les pêcheurs perdus.

Elle vit que je m'approchais des cadres de cuir et me rejoignit auprès de la table de chevet. Elle embrassa une photo et me la montra. Dans un jardin, trois personnes étaient écroulées dans des chaises longues. Le visage d'un petit vieux à moustaches disparaissait presque sous un chapeau de paille.

— *Mio papà*, me dit-elle.

Il souffrait de rhumatismes et la maman était restée pour le soigner. A côté de lui, un jeune homme gras et laid se reposait en grattant sa poitrine velue à travers sa chemise ouverte.

— *Ettorino, mio fratello*.

Elle arracha la prise du pick-up, coupant un mot d'amour du chanteur et me tendit la photo du garage qu'elle avait acheté à son frère, un an avant. Un superbe garage. Ettorino posait devant les pompes à essence, au milieu de son personnel. Mais Sandra fit la moue et me dit qu'Ettorino, le pauvre, ne pouvait pas trop s'occuper du garage parce qu'il était toujours fatigué.

Elle revint à la photo de famille.

— *Mamma mia*, dit-elle en me désignant une femme aux immenses yeux noirs.

Sandra était debout derrière la chaise longue de sa mère et se penchait sur son épaule pour l'embrasser.

— *E una mamma tanto brava*, dit-elle.

Je la regardai et vis qu'elle avait les larmes aux yeux.

— *Poveretta*, continua-t-elle en gardant le cadre dans sa main.

Puis, elle s'illumina et me tendit la photo de deux petites filles en uniforme dans un parc :

— *Le mie sorelle !*

Elles étaient adorables. La plus petite devait avoir douze ans, la plus grande quinze. Elles avaient les grands yeux de leur mère et de leur sœur. Mais je demandai à Sandra pourquoi elles portaient ces lourdes robes de laine grise, ces chapeaux de feutre ronds et ces collerettes plissées. Elle me regarda avec stupeur, ne pouvant imaginer que j'ignore l'existence du Poggio Imperiale de Florence, le meilleur collège de toute l'Italie. Les filles de la société le fréquentaient. Marie-José elle-même y avait été élevée, me dit-elle avec fierté. Je m'étonnai, à part moi, que des portes aussi fermées se fussent ouvertes devant ces petites filles. Sandra dut sentir ma curiosité. Elle me raconta ses démarches, me nomma les amis qui avaient intercédé pour elle et me dit le montant de la pension qu'elle payait. C'était sa plus flatteuse victoire sur la société.

Je lui dis que je trouvais ses sœurs fort belles et lui demandai si elle leur ferait faire du cinéma. Elle reposa la photo et me dit d'une voix lente et vibrante que jamais les petites ne feraient ce métier. Elle les avait mises dans ce collège pour qu'elles deviennent des dames, pour qu'on leur apprenne tout ce qui lui avait manqué à elle. Dans sa voix, il y avait le souvenir des années de misère, la rancœur des humiliations reçues, la pitié pour les peines des siens mais aussi le désir de racheter leur malheur de toute sa chance :

— *Io sono capo di famiglia,* disait-elle fièrement en secouant ses cheveux noirs.

Elle était née dans une famille de pauvres et, grâce à elle, tous les siens étaient devenus riches.

— *Le faro tutte due principesse.*

Je lui dis que nous vivions dans un monde où les princesses voulaient se faire actrices. Mais Sandra était à l'abri du paradoxe. Elle embrassa sa famille d'un dernier regard et bondit sur un fleuve de bas qui coulait d'un tiroir. La grâce impudique avec laquelle elle enfila ses bas aurait fait mourir un apoplectique. Elle disparut ensuite dans une large robe de taffetas noir. Elle se retourna vers moi et me demanda si cette tenue était bien pour le vernissage. Je regardai mon poignet et lui dis qu'il était trop tard pour aller voir cette exposition aujourd'hui. Elle se confondit en excuses et déclara que je ne pourrais jamais lui pardonner d'avoir perdu mon temps.

— Je n'ai pas perdu mon temps, lui dis-je gravement. Je vous connais mieux et j'ai envie de faire votre portrait.

Elle s'assit près de moi et me demanda comment je la préférais. Je lui expliquai que je ne savais pas encore, que j'aurais besoin de faire beaucoup de dessins d'elle, qu'il faudrait qu'elle vienne passer un jour ou deux dans notre maison de campagne pour que nous soyons tranquilles. Rien ne lui faisait autant de plaisir que de voir son image reproduite. Elle me regarda avec un intérêt nouveau.

Je lui proposai d'aller chercher François à son bureau et de dîner ensuite dans un petit bistrot. Elle fut tout de suite debout, se vit dans la glace, se trouva trop élégante et fit glisser sa robe. Elle en passa une autre, mais lui fit la grimace avant de la boutonner. De nouveau en jupon et en bustier, elle réfléchissait au milieu de la chambre. Soudain, elle se frappa le front et sortit d'une armoire un fourreau de jersey noir. Elle le posa sur le lit et sortit lentement de son large jupon. De petites Sandra aux formes précises dansaient dans ma tête. Dans son manque absolu de pudeur, il y avait quelque chose d'innocent. Du bout des pieds, elle essayait des chaussures et les envoyait rouler à l'autre extrémité de la pièce. Elle mit longtemps à quitter sa chambre. Elle ferma une lettre qui devait partir le soir même pour l'Italie, changea de bracelets au dernier moment, sortit, revint avec moi, sonna la femme de chambre pour lui expliquer dans quelle mesure elle devait mettre de l'ordre et respecter le désordre, envoya un baiser à sa famille et m'entraîna enfin derrière elle.

*
* *

En montant l'escalier qui menait au bureau de François, nous croisâmes Mlle Reine qui s'en allait. En nous voyant toutes deux, elle parut étonnée. Une fois de plus, le monde se chargeait de me rappeler la situation. Je faisais tout mon possible pour l'oublier, mais les gens étaient là, vigilants, armés d'amitié ou de malveillance. Ils ne devaient rien savoir de plus que ce que je savais. Peut-être moins. Mais l'attitude de François et de Sandra ne leur avait pas échappé. Et, selon leur cœur, ils étaient prêts à me plaindre ou à rire de moi. Mlle Reine devait me plaindre. Surtout en me voyant amie avec cette méchante femme qui voulait me prendre mon mari.

Mlle Reine avait une âme délicate et un cœur pur.

Ce fut Sandra qui ouvrit la porte du bureau de François. Dès que je fus entrée, il me sembla qu'il était soucieux et qu'il se forçait à sourire. Il nous demanda si le vernissage avait été brillant et parut étonné en apprenant que nous n'avions pas eu le temps d'y aller.

— Qu'est-ce que vous avez fait ? questionna-t-il.

— Nous avons parlé d'un tas de choses. Nous avons regardé des robes, des photos. Sandra a une suite ravissante au Royal-Monceau.

Il ne répondit pas, puis s'écria d'une voix enjouée en désignant les papiers qui couvraient son bureau :

— Ça tombe bien que Sandra soit venue. Je viens de recevoir cet après-midi les premiers chiffres de vente du bouquin. Si ça continue à ce rythme, elle va encore gagner de l'argent!

Il ne s'agissait que des dix premiers jours à Paris et le rapport n'était qu'approximatif. Mais ce départ laissait espérer le succès. François expliqua à Sandra que, si le livre se vendait à cette cadence-là pendant six mois, elle toucherait une jolie somme. Il calcula rapidement le chiffre que cela donnait sur le coin de son buvard et le lui traduisit.

— *Soltanto!*

J'éclatai de rire. Elle était vraiment insatiable. Mais François ne riait pas. Il lui dit que beaucoup de bons écrivains seraient heureux de gagner cela avec un livre. Il se leva et enfila son imperméable. Je le sentais nerveux. Quant à Sandra, elle avait les lèvres pincées et semblait fâchée. Pour détendre la situation, je dis d'un ton calme:

— J'ai pensé que, ce soir, nous pourrions aller dîner...

— Encore sortir! dit François entre ses dents.

Mais Sandra avait compris. Elle se mit à parler très fort en disant qu'elle n'avait aucune envie de sortir, qu'elle ne lui imposerait pas plus longtemps sa présence, qu'elle allait rentrer toute seule chez elle. Nous essayions de la calmer mais nous ne pouvions arriver à placer un mot. Et, soudain, elle cria qu'elle n'avait jamais prétendu être un bon écrivain, ni même un écrivain, et que François le savait mieux que personne. Elle éclata en sanglots et se jeta contre moi. Je la tenais dans mes bras, elle tremblait et confiait des paroles entrecoupées à mon épaule qu'elle mouillait de larmes. François, engoncé dans son imperméable, avait l'air consterné. Heureusement, personne n'entra. Peu à peu, Sandra se calma. Je relevai son visage, lui essuyai les yeux, l'embrassai. Elle ne voulait pas regarder François qui restait immobile au milieu de la pièce. Je me tournai vers lui et dis :

— François...

Il s'approcha d'elle et commença à s'expliquer en italien.

— Je suis désolé de vous avoir blessée. Vous pensez bien que ce n'était pas mon intention... Mais j'ai eu aujourd'hui de telles contrariétés...

Toutes deux, nous l'avons regardé du même regard, nous lui avons posé la même question. Il nous dit que ce n'étaient pas des ennuis personnels et qu'il ne pouvait pas en parler. J'étais soudain inquiète, et Sandra n'était plus fâchée. Elle lui sourit quand il lui baisa la main en lui demandant pardon. Nous descendîmes vers la voiture et chacun se déclara ravi d'aller dîner dans le petit bistrot auquel j'avais pensé.

C'était un restaurant modeste, tenu par un Auvergnat et sa femme. Il n'y avait que cinq tables et un petit bar à comptoir de marbre dans la salle. Des couverts légers, des assiettes grossières et des lames de Laguiole à manche de bois reposaient sur les nappes de papier, mais les cèpes persillés et le bœuf en daube d'Amélie, la patronne, avaient toute la saveur du Massif central. De temps en temps, on rencontrait là un jeune homme sympathique, un peu voûté, qui portait des lunettes.

« Nous avons de la chance, m'avait dit un jour le patron avec son accent du Cantal. C'est un bon petit. Il vient d'entrer à l'École normale supérieure et ses maîtres sont contents de lui. »

Il disait avec respect « l'École normale supérieure », comme il aurait dit « Monsieur le Président de la République ».

A midi, son restaurant recevait le petit peuple du quartier. Les employés, les midinettes et les ouvriers faisaient la queue jusque sur le trottoir, attendant qu'une place soit libre à une table. Et, le soir, les théâtres et les journaux voisins déversaient leurs acteurs et leurs rédacteurs, qui se mêlaient à quelques couples élégants. Parisiens de Paris, de Londres ou de Bagdad, ils étaient mal vus des habitués et annonçaient le début de la vogue de l'Auvergnat.

Quand nous sommes arrivés, il n'y avait pas de table libre. Le patron nous proposa d'attendre au bar.

— *Ciao bellezza!* dit une voix.

Sandra se retourna et reconnut un photographe qu'elle avait rencontré au studio, le matin même. Il dînait sans mâcher, avec un journaliste. Tous deux étaient en smoking et devaient aller à un gala. Sandra leur sourit de toutes ses dents.

— La Signorina Tiepola, le Don Juan des lettres, et une jolie blonde inconnue, tu vas me prendre tout ça, Victor, et on le placera dans « le vrai Paris by night » de samedi, dit le journaliste, la bouche pleine. Patron, posez avec eux, derrière le bar, puis vous nous servirez deux filtres et vous mettrez tout sur mon ardoise.

Victor, sans quitter sa place, sortit son appareil brancha son flash, avala une gorgée de beaujolais, se tourna vers nous, cria : « Attention ! » prit la photo, la doubla et retourna à son plum au rhum.

— C'est ma tournée, dit le patron, qu'est-ce qui ferait plaisir à ces dames ?

Tous les dîneurs nous regardaient. Mais ici, je me sentais plus à l'aise que dans le restaurant trois étoiles de l'autre soir. Je savais que Sandra ne ferait pas d'excentricités car nous n'étions pas dans un endroit de luxe. Les deux journalistes se levèrent et passèrent près de nous en nous conseillant de nous précipiter sur leur table. Nous y transportâmes nos verres d'apéritif. Le patron nous y suivit avec la carte. Sandra lui dit qu'elle se fiait à lui pour le choix de son menu.

L'instant était grave. Amélie sortit de la cuisine et vint s'entretenir avec son mari.

Pour la première fois, je vis Sandra apprécier la nourriture qu'on lui offrait. L'extrême honnêteté de nos hôtes se retrouvait jusque dans la salade à l'huile de noix. Rien n'était falsifié dans cette maison. Et le carafon de vin accompagnait avec bonheur le fromage de chèvre expédié du pays par un frère du patron.

J'avais hâte de savoir ce qui avait motivé l'air soucieux de François. Je ne pouvais croire que son inquiétude fût sans rapport avec notre situation actuelle. Et d'où venait ce mouvement d'humeur contre Sandra ? Elle mangeait avec appétit, semblant avoir oublié ses larmes. François l'encourageait et bavardait gaiement avec elle, mais je le connaissais assez pour savoir que son calme n'était qu'apparent. Que s'était-il passé ? Cette fois, j'étais décidée à poser des questions jusqu'à ce que François me réponde.

La curiosité me tenait tellement que j'en oubliai de prendre rendez-vous avec Sandra quand nous la déposâmes.

— Alors ? demandai-je à François dès que nous fûmes seuls.

— Je te raconterai à la maison.

Il fallut rouler en silence, traverser la Seine, ranger la voiture au bord du quai où elle dormait, entrer dans la maison, monter l'escalier, ouvrir la porte... Tout cela avec cette question sans réponse, cette angoisse qui se transformait en malaise physique.

François poussa le verrou derrière nous.

— Alors ? répétai-je.

Il eut un geste las qui voulait dire : « Attends. » Je pensai : « Il a pris une décision. »

Et, soudain, toute envie de savoir m'abandonna.

J'allai dans la chambre et je m'assis sur le lit.

— C'est la fin, me répétai-je distraitement.

François s'assit auprès de moi et me prit la main. Il était gentil. C'était normal. Plus rien n'avait d'importance, d'ailleurs.

— C'est une histoire si pénible, disait-il, que j'ai du mal à te la raconter. Mais, maintenant que je te vois inquiète, je te dois des explications.

Je hochai la tête.

— Je t'ai parlé du roman que Marie de Maurieu m'avait apporté ?

Qu'est-ce que Marie venait faire là-dedans ? Je le regardai sans répondre.

— Le roman de Marie ! Chérie, tu rêves ?

— Oui, oui, je me souviens, elle t'a donné un manuscrit en rentrant de vacances.

Mais je pensais : « Quand va-t-il être question de nous ? »

Maintenant que François avait commencé à parler, il avait perdu toute sa gêne.

— Ce manuscrit, je l'avais trouvé sensationnel. Mais, comme le patron est susceptible et qu'il ne faut rien affirmer avant qu'il ait lui-même une opinion, je le lui ai passé sans rien lui dire. Ce matin, il est entré dans mon bureau en m'annonçant que c'était un chef-d'œuvre. J'ai tout de suite téléphoné à Marie et elle est venue me voir cet après-midi vers cinq heures.

Il leva la tête vers moi et me dit :

— Je sais que tu ne l'aimes pas, mais...

Je le coupai, un peu agacée :

— Tu te trompes, chéri, c'est elle qui ne m'aime pas !

— C'est vrai, reconnut-il. Tu as été très gentille et elle t'a découragée...

Il semblait réfléchir. Puis il me regarda et me dit :

— Si je ne vous ai pas bien reçues, Sandra et toi, quand vous êtes arrivées, c'est que je pensais à Marie...

Ainsi, pas un instant, il n'avait été question de nous. Ce n'était pas encore pour cette fois. Je me sentis soulagée, de nouveau curieuse de cette histoire qui ne me concernait pas.

François avait accueilli Marie avec l'enthousiasme et la chaleur que méritait son livre. Il lui avait confié ses impressions et prédit le succès que devait connaître ce roman... Elle écoutait sans dire un mot, ne perdant aucun des compliments, ne montrant aucun de ses sentiments. A la fin, François s'était arrêté, ne sachant plus qu'ajouter pour dérider cette statue, pour arracher un mot à cette muette. Jamais elle n'avait été aussi froide avec lui. Quand il se tut, elle garda quelques instants le silence, puis lui demanda s'il pensait tout ce qu'il avait dit. Désemparé par son attitude, François lui répondit avec un peu de brusquerie qu'il n'avait pas l'habitude de la flatterie. Alors, elle avait perdu son impassibilité et sa réserve et lui avait dit :

— Je vous demande cela, car je vais mourir.

Son visage s'était défait. Elle n'était plus la dame distinguée qu'aucune contingence ne pouvait atteindre. Des larmes roulaient sur ses joues pâles, ses lèvres tremblaient, ses épaules s'étaient courbées. Horrifié, François ne savait que dire à cette malheureuse qui se laissait aller devant lui pour la première fois. Il découvrait qu'elle était une femme déjà vieille et pitoyable et il savait qu'elle ne mentait pas dans sa prédiction. Quelques mois, un an, deux ans peut-être... Et elle avait peur, une peur affreuse de la mort qu'elle attendait en serrant ses mains blanches aux veines gonflées.

Puis elle s'était ressaisie, avait essuyé ses yeux et avait parlé de l'édition du livre d'une voix calme et précise. Et c'était de nouveau Marie de Maurieu, grande dame sans chaleur et sans faiblesse qui avait quitté son bureau.

Je sentis que François passait la main sur mon front. Je levai les yeux vers lui. J'avais mal au cœur.

— Quand vous êtes arrivées, poursuivit-il, j'étais encore sous le choc. J'aurais préféré rentrer tranquillement. Mais il y a des choses qu'on ne peut pas expliquer à Sandra.

« Il y a des choses qu'on ne peut pas expliquer à Sandra » : cette phrase me comblait d'un bonheur honteux, inavouable. Au fond de mon cœur, je devais avouer avec horreur que le récit de François m'avait soulagée. Pauvre Marie ! Pourquoi ne m'avait-elle pas permis de l'aimer ? Sa condamnation me remplissait de chagrin, mais une petite voix me murmurait qu'il fallait vivre et que, peut-être, les mauvais jours finiraient.

— Pourquoi m'as-tu raconté cette histoire ? dis-je à François. Tu sais que Marie ne m'aime pas et qu'il lui déplairait que je sois au courant. Ce chagrin, elle ne l'a donné qu'à toi.

— Je t'avais vue inquiète, me dit-il. Et j'avais besoin que tu saches tout cela.

— Je te remercie, murmurai-je en posant ma tête sur son épaule.

Mais ma reconnaissance s'en allait avec une tendresse infinie vers la mourante qui, sans le savoir, nous avait rapprochés.

HUITIÈME CHAPITRE

En me réveillant, le lendemain matin, ma première pensée fut pour Sandra. Mon désir de
faire son portrait s'était confirmé. Je le dis à
François. Peu m'importait à ce moment-là qu'il
ressente devant elle une autre émotion que celle,
toute pure, qui m'habitait. Il y avait entre nous
des choses qui ne pouvaient exister pour eux. Ce
n'était pas à elle que François avait raconté son
chagrin.

Il parut heureux de me voir dans des disposi-
tions studieuses qui trahissaient un certain
empire sur moi-même. J'attendis onze heures,
puis j'appelai le Royal-Monceau. On me répondit
que Mlle Tiepola était partie pour Montfort-
l'Amaury avec des photographes, pour toute la
journée.

Je raccrochai, dépitée. Je ne savais plus que
faire de cette journée qui s'étalait devant moi,
longue et ennuyeuse. Je n'avais pas pensé que
Sandra pût avoir d'autres choses à faire que
répondre à mon bon plaisir. Qui étaient ces journalistes ? Pourquoi ne nous en avait-elle pas
parlé la veille ?

A l'heure du déjeuner, François me demanda
si nous dînions avec Sandra. Je lui dis que
non et je trouvai qu'il acceptait son absence
avec trop de philosophie. Moi, je ne pensais
qu'à elle.

Je n'avais pas envie d'entreprendre un autre travail, la maison m'ennuyait et je redoutais nos amis.

Le soir, après le dîner, François refusa d'aller au cinéma et s'installa à sa table de travail. Je sortis des toiles neuves, taillai des crayons, nettoyai des pinceaux et des brosses. Je me couchai en songeant que, le lendemain matin, j'aurais retrouvé mon modèle.

Quand je téléphonai, elle dormait encore. Elle était rentrée très tard et avait demandé qu'on la laisse se reposer. Je raccrochai sans penser à dire mon nom. Vers midi, j'appelai de nouveau. Elle était sortie.

Je pensai soudain à la nervosité de François quand nous étions venues l'avant-veille le chercher et aux larmes de Sandra. Jamais le bureau n'avait vu tant de pleurs que ce jour-là. Mais, si les larmes de Marie de Maurieu étaient tragiques, celles de Sandra étaient des larmes d'enfant nouvellement gâtée. François l'avait peut-être blessée en l'humiliant devant moi et elle le punissait en le privant de sa présence. Au fond, c'était ce que je voulais. Mais, à cette heure, ce que je désirais par-dessus tout, c'était faire le portrait de la jeune femme.

Je m'acharnais sur le téléphone quand François rentra pour déjeuner. La ligne n'était pas libre.

— J'ai faim, dit François.

Je regardai l'heure et m'aperçus qu'il était une heure trente-cinq. Je m'excusai de ma distraction et courus à la cuisine chercher un plateau de hors-d'œuvre. Nous avions faim tous les deux et nous mangeâmes en silence. Puis j'allai chercher la viande et les légumes et les posai sur la table.

— Ça va ? dis-je à François.

— Ça va mieux, dit-il en riant, je mourais de faim !

Je tendis la main vers le téléphone et commençai un numéro.

— Qui appelles-tu avec tant de passion ? me demanda-t-il.

— Sandra, je n'ai pas pu l'obtenir de toute la matinée.

— Sandra ? Je peux te donner de ses nouvelles, je l'ai vue ce matin.

Je posai le téléphone auprès de mon assiette.

— Tu ne me l'as pas dit...

— Je ne savais pas que tu lui voulais quelque chose.

Il mangeait calmement. Je n'avais plus envie de faire le portrait. Je m'étais inquiétée, j'avais craint qu'elle ne fût fâchée contre lui et, à ce moment-là, il était avec elle. Il était arrivé à une heure trente-cinq, et c'était moi qui m'étais excusée de mon retard.

— Elle est venue au bureau ?

— En coup de vent. Elle est très énervée.

— Pourquoi ?

— Le Gala de son film est pour vendredi prochain et elle est assaillie de tous les côtés.

— Où a lieu le Gala ?

— A l'Empire. Elle est inouïe ! Ah ! on ne peut pas dire qu'elle perde la tête. Quand elle a décidé de réussir quelque chose...

Il avait retrouvé cet enthousiasme admiratif qui m'avait fait tant de mal un soir à Chauvry.

— Si on l'en défiait, elle irait porter elle-même une invitation au président de la République ! Et, le plus fort, c'est qu'il viendrait !

J'aime le travail mais les arrivistes me font peur. J'avais cru que François était comme moi.

Mais non, il semblait ébloui par cette force combative et acharnée qui émanait de Sandra.

— Elle ne t'en veut pas pour l'autre jour? demandai-je.

Il leva sur moi un regard étonné:

— L'autre jour?

— Oui, dis-je, agacée, l'autre jour, quand tu lui as dit des choses désagréables.

— Oh! c'est oublié, arrangé, on n'en parle plus!

De quoi me mêlais-je? Ils n'avaient pas besoin de moi.

— Je l'ai emmenée manger un sandwich au Pam-Pam, poursuivit François, car elle n'avait pas le temps de déjeuner. Et je l'ai aidée à sortir d'un cas de conscience qui la tracassait.

— Quel cas de conscience?

— Elle aurait voulu avoir une robe italienne le soir du Gala, mais elle a déjà mis toutes les robes du soir qu'elle a apportées ici. Elle était désolée de mettre une robe française, mais je lui ai dit que ça toucherait les Parisiens et ça l'a décidée à aller en commander une.

— Chez qui?

— Chez Dior! s'exclama François comme si ma question était idiote.

Puis il sortit un paquet de cartons glacés de sa poche et me dit:

— Elle m'a apporté quelques invitations. Tu ne vois personne à qui ça ferait plaisir?

— Non.

— Bon. Alors je garde les nôtres et je donne le reste à Verneuil pour qu'il les distribue au mieux.

— Je me demande ce que je vais mettre ce soir-là? dis-je rêveusement.

— Ne t'inquiète pas, lança légèrement François, on nous regardera moins qu'elle!

108

Je me mis à torturer un morceau de mie de pain.

— Elle ne t'a pas dit si elle venait avec nous à Chauvry ?

— Je ne savais pas qu'il en était question, fit-il avec étonnement. De toute façon, ça ne lui aurait pas été possible. Elle passe le week-end chez Jean Brévan.

— Qui est Jean Brévan ?

— Le metteur en scène qui fait le film de Robin.

— Ah ! ça y est !

— Oui. Les Robin l'emmènent demain après déjeuner à Bougival. Elle a peur que Mme Robin ne lui fasse la tête pendant les deux jours ! acheva-t-il en riant.

— Elle aurait tort.

— Bien sûr. Mais elle est stupidement jalouse.

— On est toujours stupidement jaloux, déclarai-je sentencieusement, tandis qu'au fond de moi, je priai : « Qu'elle s'en aille ! qu'elle parte ! Que son triomphe l'emporte aussi haut que possible, très loin, très loin de nous... »

*
* *

Mais, le lendemain, en roulant vers le moulin, je ne songeais plus qu'à la joie de revoir Élizabeth.

Le moulin, son chien, sa servante et sa petite fille nous attendaient avec leur fidélité coutumière. Élizabeth s'était suspendue au cou de son père comme un petit vampire. Aristide pleurait en sautant autour de moi. Hortense sortait de la cuisine dans des fumets de tarte et de rôti. Le moulin était une bonne maison. La table de ferme que j'avais tant de fois cirée, les rideaux de coton blanc, les vases remplis des dernières fleurs, tout était bienfaisant et bienveillant.

Nous avons déjeuné dans le jardin avec Élizabeth. Elle était très fière, Hortense lui apprenait à compter et elle allait jusqu'à sept sans trébucher. Aristide avait posé sa tête sur mes genoux et soupirait d'aise. On eut beaucoup de mal à faire dormir la petite fille après le déjeuner. Il fallut lui promettre une grande promenade en forêt.

Pendant sa sieste, nous nous sommes détendus dans le jardin. Hortense me racontait les dernières nouvelles de Chauvry en débarrassant la table, un moustique attardé se rassurait en vrombissant, des feuilles tombaient parfois sur nos genoux.

A quatre heures, nous nous dirigeâmes vers la forêt. Élizabeth marchait entre nous d'un petit pas courageux. Sa main était réconfortante. Tous les souvenirs que j'avais d'elle étaient délicieux. Même sa naissance. Et si j'avais un autre enfant ? Ne serait-ce pas le meilleur moyen de garder François ? Je me sentis rougir à ce calcul. Mais cette pensée ne s'arrêta pas dans mon esprit. Entre deux êtres qui s'aiment il ne doit y avoir que des liens, jamais d'entraves. Rien ne donne une assurance sur l'avenir. Pas même ce sang unique né à la source de nos deux cœurs.

Au sommet de la côte, Élizabeth poussa un soupir :

— Je suis bien fatiguée, dit-elle en levant la tête vers son père.

Il la prit sur son dos. C'était charmant. Aristide les regardait avec indulgence en remuant la queue. Je respirai de toutes mes forces l'air de la forêt.

Nous avons goûté comme des écoliers sur l'herbe d'une clairière qui croyait encore à l'été. Aristide a eu sa part de chocolat qui sentait le saucisson et de saucisson qui sentait le chocolat. A la dernière bouchée, François posa sa tête sur mes genoux et s'endormit.

— Chut ! dit Élizabeth à son chien. Ne parlons pas fort, papa dort.

Sage et silencieuse, sur la mousse, elle cueillait des feuilles de châtaignier pour s'habiller en fée. Elle me les apportait avec de petits cailloux roses qu'elle appelait des bijoux, des champignons minuscules et immangeables et les fruits sauvages, bruns et secs, qui tombent des arbres et qu'elle destinait au menu des poupées. La fraîcheur montait de l'herbe, engourdissait mes jambes, mais je serais resté jusqu'à la fin du monde dans cette clairière avec cette enfant, ce grand chien et ce dormeur immobile au poids si doux.

Le dernier rayon de soleil s'évanouit entre les branches, dans un trou de ciel. François ouvrit les yeux. Aussitôt, Élizabeth retrouva sa voix et le chien sauta sur ses pattes.

Nous sommes redescendus en portant toutes les merveilles de la forêt dans le panier du goûter. Hortense avait allumé un grand feu pour nous réchauffer. J'ai baigné Élizabeth, puis je l'ai fait dîner devant la cheminée. Elle regardait, les yeux fixés avec ravissement sur le feu chargé de toutes les promesses de l'hiver.

Cette nuit-là, nous avons dormi comme des enfants.

C'est le lendemain matin que je sus que je ne pouvais plus peindre.

Les coqs m'avaient réveillée comme aux beaux jours de l'été. Pour ne rien perdre de la lumière neuve, j'avais quitté le lit où François dormait encore. Je me sentais intacte. Toutes mes pensées allaient vers un rectangle de toile vierge. C'est à cette toile que je songeais en passant un pantalon informe et deux vieux chandails marqués de peinture. Je pouvais affronter le froid et les taches. Je descendis. La grande pièce était encore tiède du feu de la veille. Je passai dans la cuisine. Hortense faisait déjeuner Élizabeth. J'embrassai ma fille et m'assis auprès d'elle. Les coudes appuyés sur la toile cirée à carreaux, il me semblait que nous étions petites toutes les deux. Hortense me versa du thé dans un bol à fleurs rouges qu'elle ne laissait jamais sortir de la cuisine.

— A quoi on s'amuse, aujourd'hui ? me demanda Élizabeth.

Elle fut navrée d'apprendre que j'avais l'intention de travailler.

Je sortis dans le jardin mouillé d'une rosée froide. Le soleil de septembre réchaufferait pendant quelques heures les feuilles et les fleurs raidies par la nuit. J'allai jusqu'au ruisseau. Une vapeur glacée montait de l'eau, mais j'étais bien couverte et les rayons allaient balayer la brume. Devant moi, il y avait mon horizon. Cet horizon qui nous avait séduits trois ans plus tôt en visitant les ruines du moulin. Cet horizon que je ne me lassais pas de peindre et de dessiner à chaque saison, différent de reliefs et de couleurs.

Une fois de plus, je m'installai au bord de l'eau. J'étais bien. Je n'aspirais à rien d'autre qu'à ce sage bonheur qui précède le travail.

Chercher la bonne place devant le monde qui vous est offert. Sortir la vieille brosse large, les pinceaux préférés, préparer une palette aux teintes d'automne... Du brun, du vert, du blanc. Et le travail commence de lui-même au rythme de la brosse qui couvre les fonds. Il me semble alors que je me promène. Mon esprit s'en va sur deux petites jambes gambader parmi les allées de mon imagination. Seuls, mes yeux font le lien entre le monde et ma main.

Il m'aurait fallu un métier qui interdise la pensée. Je n'aurais pas songé à Sandra. Le mécanisme s'arrêta. Sur la toile à peine ébauchée, ma main hésita, brouilla sa trace, puis s'immobilisa.

Devant moi, paisible et mélancolique, s'étendait le mois de septembre de Chauvry. J'essayais de le voir, d'enregistrer ses teintes douces et ses reliefs estompés. Mais dans mon cœur il y avait un autre automne, une autre mélancolie, une autre mort que celle d'une saison. Je me sentais perdue dans une détresse sans refuge. Ma main était impuissante à me délivrer de ma pensée. Je restais, immobile, collée à ma toile par la brosse serrée entre mes doigts raidis.

Je ne pouvais plus peindre.

J'avais froid, j'avais peur. A ce moment-là, je haïssais Sandra. Elle avait tout gâché, tout détruit. La bonne odeur grasse de la peinture, la chair palpitante des jeunes bouleaux, le rouge unique d'un sorbier sauvage, tout cela était fini. J'avais cru que ces joies simples seraient douces à mon cœur écorché. Mais ces joies m'étaient refusées.

Il n'y avait plus rien devant moi, qu'un désespoir aussi vaste que la forêt.

— Comment va le travail ? dit la voix de François.

Je tressaillis. Sans répondre, je me levai et pris ma toile sur le chevalet. Une seule idée me donnait la force de marcher : ne pas pleurer avant la maison.

— Chérie ? questionna François avec inquiétude en marchant derrière moi.

Je le repoussai doucement de la main.

Le feu était allumé dans la grande pièce. J'y lançai ma toile sans un regard. Je sentis que je sanglotais et montai me jeter sur mon lit.

Écrasée sur la courtepointe que je mouillais de mes larmes, je vis la scène du matin se dérouler avec précision dans mon esprit : le chant du coq, le chevalet au bord de l'eau, la palette grasse, la main qui s'arrête... A ce souvenir, mes sanglots redoublèrent. J'étais perdue. J'avais toujours eu une route droite devant moi et un compagnon pour cheminer à mes côtés. Et, maintenant, je n'avais plus rien.

— Où est maman ? dit une petite voix sous ma fenêtre.

— Maman se repose, répondit François.

Mais la petite voix avait séché mes larmes. Je me lavai les yeux et descendis dans le jardin. Un méchant vent s'était levé, faisant voler les feuilles autour de la table de pierre. Je frissonnai. On ne pourrait pas déjeuner dehors ce jour-là. Contre le mur, je vis mon matériel soigneusement rangé. François détourna la tête, mes yeux se mouillèrent. Je soulevai Élizabeth et la serrai dans mes bras.

— Je ronronne ! cria-t-elle. Je suis un chaton et tu es sa maman !

Ce petit chaton était à moi. Roulé en boule entre mes bras, elle pesait moins lourd que mon cœur.

C'est seulement quand nous nous sommes trouvés l'un en face de l'autre après le déjeuner que François et moi nous ôsâmes nous regarder. Quelques mots auraient suffi à crever la fragile bulle de notre mystère. Je ne sais quelle pudeur, quelle intuition nous empêchèrent toujours de les prononcer. Pourtant, ce jour-là, je le sentais ému comme moi, aux limites de ses forces. Nous nous regardions sans parler et il me semblait que toute notre vie défilait sous nos yeux. Une rencontre, un amour, un enfant... Une amitié aussi. Cette amitié qui me faisait plaindre ses chagrins quoique j'en fusse la victime, cette amitié qui le faisait supporter une femme qu'il n'aimait peut-être plus.

Je n'ai su ce qui se passait dans son silence, il n'a pas su ce qui se passait dans le mien.

NEUVIÈME CHAPITRE

Nous retournâmes à Paris et à nos chaînes.

Depuis la scène du jardin, la situation m'était devenue intolérable. J'attendais que quelque chose se produise. Enfermée dans le silence que je m'étais imposé, je portais en moi des mots, des reproches et des regrets. A force de se succéder, le courage et le découragement m'avaient laissée épuisée. Ma tristesse n'avait d'égale que celle de François. La présence de Sandra m'était pénible. Mais je souffrais encore plus de ne pas la voir. Il me semblait alors qu'elle vivait dans un monde qui m'était inaccessible et que François allait la rejoindre par des sentiers secrets.

Le lundi, nous n'avons pas vu Sandra. Du moins, je sais que, moi, je ne l'ai pas vue. J'étais désœuvrée. J'attendais. Je fuyais mon atelier. Je faisais le vide dans ma tête pour ne pas me souvenir que je ne pouvais plus peindre. Mais cette pensée coulait avec mon sang et chaque battement de mon cœur me parlait d'un échec. Cette impuissance me paraissait définitive, immuable, éternelle.

Sandra téléphona le mardi, vers une heure, pour nous inviter à dîner.

Pour la première fois, je la vis jouer son rôle de maîtresse de maison. Elle nous avait donné rendez-vous à neuf heures, au Royal-Monceau. Mais, cette fois, elle ne nous fit pas attendre.

L'employé de la réception nous conduisit jusqu'à l'ascenseur. Je fis avec François le chemin que j'avais fait, seule, vers la chambre de Sandra. Un maître d'hôtel nous ouvrit la porte et s'effaça. Je cherchai autour de moi le désordre qui m'avait accueillie à ma première visite. Les valises avaient disparu, une gerbe de glaïeuls s'épanouissait sur la console du vestibule. La porte du petit salon s'ouvrit et Sandra vint à notre rencontre.

— *Questa sera siete gli ospiti di Sandra Tiepola*, dit-elle en nous tendant les mains.

Elle ne souriait pas. Elle avait quelque chose de cérémonieux qui m'intimida. Elle nous fit entrer dans le salon où une nappe de damas blanc s'épanouissait sur la table. Cette idée de nous recevoir dans son appartement prouvait qu'elle ne voulait pas nous traiter comme des étrangers. Elle portait une longue robe d'hôtesse en satin ivoire qui s'harmonisait avec les boiseries claires et les coussins verts du salon. Le maître d'hôtel nous débarrassa de nos manteaux et revint préparer les cocktails. Mais où étaient passées les valises ? L'éclairage indirect, deux ou trois bouquets, l'argenterie Belle Époque sur le linge blanc, la présence discrète du maître d'hôtel me déconcertaient.

Assise sur le canapé, je faisais tinter un glaçon dans mon verre. Sandra but une gorgée et se mit à sourire :

— C'est une surprise ! dit-elle en français.

— *Una sorpresa tanto gentile !* répondit François.

Il regardait autour de lui comme s'il se trouvait là pour la première fois. Mais tout avait tellement changé depuis que les femmes de chambre avaient mis de l'ordre que ses regards ne signifiaient rien.

Pendant le dîner nous avons été un peu figés. Au dessert, Sandra se leva et passa dans sa chambre. La porte resta entrouverte et je sus où étaient les valises. Le maître d'hôtel plaça devant nous de délicates tasses Directoire en porcelaine dorée. Sandra revint en portant une cafetière électrique.

— Ça, c'est du café ! s'écria-t-elle en posant la cafetière sur la table.

Le maître d'hôtel baissa les yeux.

— *Il meraviglioso caffè italiano*, ajouta-t-elle en se penchant pour en humer le parfum.

Elle était redevenue elle-même. Le maître d'hôtel se permit une ombre de sourire et disparut.

Le café était inoubliable. Nous étions sûrs de très mal dormir. Sandra en but deux tasses. Elle avait posé ses mains sur la cafetière et regardait dans le vague.

— Le Gala... dit-elle.

Elle releva soudain la tête :

— *Quest'anno sarà quello di Sandra Tiepola.*

Elle n'avait pas peur du verdict de Paris pour son film. Elle était sûre d'elle et de sa chance. François la regardait comme un miracle. Tout était prévu. La robe était splendide, les bijoux étaient merveilleux, la fourrure une folie. Elle avait rendez-vous avec des photographes le mercredi et le jeudi. Elle dormirait toute la journée de vendredi. A cinq heures du soir, la masseuse arriverait, à six heures, le coiffeur et la manucure. Elle sortirait de son lit et de leurs mains, plus belle que jamais, pour venir poser son gant sur le bord de velours rouge de sa loge.

Je ne pus m'empêcher de m'étonner devant sa confiance et son courage. Son sourire disparut :

— *Questo solo è la parte mia.*

Bien sûr, chacun avait sa part sur la terre. Quelle serait la mienne ?

*
* *

La mélancolie et le café me tinrent éveillée une partie de la nuit. Je songeais à l'état de nos finances. Nous avions vécu au gré de la fantaisie de Sandra, et maintenant... Pour le Gala, je porterais une robe blanche. Mais que mettrais-je sur mes épaules ?

Les ombres de la chambre se brouillèrent et je sombrai dans l'inconscience.

Dans mon sommeil, je rencontrai Élizabeth. Elle était assise sur le tronc renversé, vêtue de son slip bleu et mangeant sa tartine. Mais autour d'elle, c'était l'hiver et ses petits pieds nus reposaient sur la neige. Je lui disais qu'elle allait avoir froid, mais elle me tendait sa tartine de beurre avec un bon sourire et me disait :

— Pour toi, maman.

Je vis que la tartine de beurre était une liasse de billets de banque. Je voulus prendre ma fille dans mes bras, mais elle avait disparu. A sa place, Patrice épinglait une robe sur un manne-quin d'osier.

— Vous serez la plus belle, mon ange ! me disait-il.

Je pleurais et je courais dans la campagne en appelant Élizabeth.

Je me réveillai en larmes dans les bras de François.

— Tu pleurais, me dit-il, et je ne pouvais com-prendre ce que tu disais.

Je me serrai contre lui et lui racontai que je croyais avoir perdu Élizabeth dans la neige. J'étais encore toute tremblante et j'avais besoin de lui parler, de me rouler en boule au contact de sa chaleur. Mais il avait sommeil, et quand il vit que j'étais calmée, il se détourna peu à peu de moi pour s'endormir paisiblement.

Je gardai les yeux ouverts. Pour retrouver mon sommeil, il m'aurait fallu entendre le souffle régulier de ma petite fille qui dormait à vingt kilomètres sous la garde d'Hortense, caresser sa main tiède posée sur le drap, déposer un baiser dans les boucles emmêlées de son front.

Toute la matinée, je luttai avec moi-même. A chaque instant, le portrait d'Élizabeth tombait sous mes yeux. Mais la bataille était perdue depuis le cauchemar. Vers quatre heures, je pris un sac, enfilai des gants et m'en allai vers la rue des Saints-Pères.

Je fus accueillie affectueusement par Mme Bernadette. C'est une veuve agréable et de bonne famille qui garde la Galerie depuis des années. Patrice l'a choisie car il aime la respectabilité.

— Jamais vous n'êtes restée si longtemps sans nous voir! me dit-elle avec un reproche gentil dans la voix.

Puis elle se pencha à mon oreille:

— Vous allez nous apporter une magnifique exposition et on vous pardonnera votre silence de ces derniers mois!

J'eus un rire contraint. Pendant que Mme Bernadette avertissait Patrice de ma présence par le téléphone intérieur, je m'efforçai de ne pas regarder les toiles autour de moi.

— M. Levan s'excuse de vous demander de monter, me dit Mme Bernadette, il est un peu souffrant et ne doit pas quitter la chambre.

Patrice habitait l'entresol au-dessus de la Galerie. Je le trouvai en haut du petit escalier de bois, vêtu d'une robe de chambre de cachemire, un foulard de soie noué autour du cou, se confondant en excuses de me recevoir avec autant de désinvolture. Il me conduisit dans son bureau où les fauteuils Louis XIII semblaient presque toucher le plafond bas. Le choix des tissus, la largeur du divan, les tapis et les éclairages donnaient cette sensation de confort dans le bon goût, chère aux vieux garçons anglais.

Pour se faire pardonner sa robe de chambre, Patrice me proposa du thé.

Il me sembla que c'était la chose au monde dont j'avais le plus envie. Patrice tira sur un cordon de soie et une porte s'entrouvrit derrière lui :

— Le thé, dit-il, avec des petites gâteries.

Pourquoi ne venais-je pas plus souvent ici ? Pourquoi avais-je délaissé mes amis ? Patrice poussa une table basse auprès de moi et ouvrit un coffret de cigarettes.

— C'est le premier rhume de l'année qui me cloue ici comme un hanneton dans une boîte. Je suis un pauvre vieillard quinteux ! me dit-il en soupirant.

Je pensai avec attendrissement, en allumant une cigarette de harem, que Patrice serait bientôt un vieux monsieur. Je le regardai, il était charmant avec ses tempes blanches et son air hautain.

— Je n'ai jamais vu un vieux hanneton aussi beau que vous, lui répondis-je.

— Vous flattez l'insecte ! se défendit-il en riant.

Mais je savais qu'il était ravi.

Il se leva avec une grâce de jeune homme quand le thé arriva. Amélie, la vieille domestique de sa mère, portait un énorme plateau d'argent. Elle me souriait de toutes ses rides. Je lui demandai des nouvelles de sa santé.

— Je vais, je vais, dit-elle. C'est ce pauvre Monsieur Patrice qui a pris froid.

— Allons, allons, vieil ange gardien, plaisanta Patrice, chasse tes inquiétudes et pose ça là, si tu n'as rien oublié.

Amélie s'en alla et Patrice se pencha sur la théière. Il souleva le couvercle, huma le thé avec gravité, inclina la tête avec satisfaction. Le plateau était un spectacle délicieux. Les tasses de porcelaine transparente, les pots de vieille argenterie, les toasts dans leur serviette blanche, le bouquet d'anémones et les assiettes de friandises, tout cela avait l'air d'un rêve de petite fille gourmande et raffinée.

— Je sais que vous ne prenez qu'un sucre, dit Patrice en me tendant ma tasse.

C'était vrai. Patrice ne se trompait jamais.

— Comment va votre maman ? lui demandai-je.

Son visage s'anima :

— Biquet a pris la voiture et l'a emmenée déjeuner à Saint-Germain. J'ai voulu qu'elle profite de cette belle journée. L'hiver est proche.

— Patrice, vous êtes délicieux ! J'aurais voulu être votre mère.

— C'est manqué ! dit-il en riant. Vous pourriez plutôt être ma fille.

Je ne pus m'empêcher de penser qu'il se vantait. C'est le faible de Patrice. Il aime faire croire qu'il est un homme. Il s'en est peut-être persuadé lui-même.

— Du sel, sur votre toast ?

— Un soupçon, merci.

Il se pencha vers moi et me demanda gravement :

— Vous avez déjà été tapée pour la collecte ?

— Non, lui dis-je, étonnée. Quelle collecte ?

— Vous n'êtes pas au courant ? Ça c'est drôle !

Figurez-vous qu'on se cotise pour offrir un nou-veau nez à Colombe Verneuil.

J'éclatai de rire.

— Avouez que c'est une plaisanterie de mau-vais goût ! dit-il avec satisfaction.

— Je trouve plutôt que c'est son nez qui est de mauvais goût.

— Importable ! dit-il en attaquant une tarte-lette aux fraises. Mais elle est née trop tôt pour oser en changer. Elle serait si charmante avec un petit nez de panthère comme on les taille cette année. Elle deviendrait bonne. Ce ne serait pas un nez, mais une conduite qu'elle s'achèterait !

Je me demandai avec un léger malaise si Patrice s'amusait aussi facilement à mes dépens quand je n'étais pas là. Mais, repoussant sa tasse vide, il me dit sur un autre ton :

— Quand me montrez-vous ce que vous faites en ce moment ?

Le badinage était fini.

— Pas tout de suite. Je préfère attendre un peu. J'ai toute une série de toiles...

Je m'arrêtai. Le regard de Patrice me gênait. Il n'était pas dupe de mes explications. Il savait que je ne travaillais pas. Il y eut un long silence.

— Si, un jour — Patrice parlait lentement sans me quitter des yeux —, si, un jour, vous vous trouviez dans une mauvaise période... Je veux dire sur le plan professionnel, ajouta-t-il vivement, et même si vous pensiez être dans une impasse, n'ayez pas peur. Laissez passer le temps. Vous êtes si jeune ! De votre âge au mien, il y a tout le déroulement d'une existence et la place de tant de découragements.

Si j'avais pu lui parler de mon décourage-ment... Mais il m'aurait fallu en raconter l'ori-gine, évoquer une chose qui ne le regardait pas...

— Vous êtes toute douce, toute gentille, mais vous avez des dents bien pointues. Oui, oui, ne me regardez pas avec ces grands yeux étonnés ! Vous avez de belles petites dents bien pointues qui se referment sur tout ce que vous aimez et ne le lâchent plus.

A quoi bon lui faire des confidences ! Il n'en avait pas besoin. Il aurait pu raconter mon histoire mieux que moi.

— Ça me plaît, ça. Ça me plaît beaucoup... Je pense à vous souvent, vous savez, infidèle, sale petite infidèle qui n'avez pas mis les pieds à la Galerie depuis exactement soixante-deux jours ! Oui, oui, c'était le 13 juillet, je m'en souviens très bien. Je me suis même demandé pourquoi je vous étais tellement attaché. Je ne suis pas tendre, vous savez. Je n'aime pas les gens. Et puis, un jour, j'ai su pourquoi, vous, je vous aimais... Par intérêt.

Était-ce le cœur, était-ce l'esprit qui avait dicté ces paroles à Patrice ? Peu importe, j'étais heureuse de les avoir entendues. Mais il n'aimait pas s'attarder dans l'émotion. Il nous ramena à la frivolité en minaudant :

— Un petit chocolat, trésor ?

Je me levai :

— Non, merci, Patrice. Merci pour le thé... et pour tout.

Je lui souris et ajoutai le plus légèrement que je pus :

— Encore une fois, je regrette de ne pas être votre mère. Maintenant, il faut que je me sauve.

Je me dirigeai vers la porte.

— Chérie, dit Patrice, nous n'avons encore rien dit. Je tiens à vous répéter que mes sentiments à l'égard d'Élizabeth n'ont pas varié.

Appuyé au dossier d'une haute chaise, il souriait, beau comme un vieil archange déchu et secourable. Le sang battit à mes oreilles. Depuis que j'étais auprès de lui, il savait que je venais vendre Élizabeth. Il savait que je me débattais et qu'il était ma dernière ressource.

— Alors ? dit-il tout près de moi.

Il prit ma main, si molle et si triste, entre les siennes.

— D'accord, murmurai-je.

Et je me sauvai.

* *
*

Je sortis le lendemain, pendant toute la matinée. Je savais que Patrice agirait vite et je ne voulais pas être là quand il ferait prendre le tableau.

Je rentrai quai des Grands-Augustins vers l'heure du déjeuner. Je ne m'étais pas trompée. Élizabeth avait disparu.

— On est venu chercher Mademoiselle, me dit la concierge, et on a laissé ça pour Madame.

Ça, c'était une gerbe de roses rouges avec la carte de Patrice. Il avait simplement écrit :

« Merci. »

Mais il y avait aussi une autre enveloppe. Plus grande, avec le papier à en-tête de la Galerie. Je l'ouvris et j'y trouvai un chèque.

Patrice n'avait pas inscrit la somme qu'il m'avait offerte le soir du dîner de Sandra.

Il avait largement dépassé ses promesses.

J'avais dans les mains de quoi rétablir l'équilibre financier de notre ménage.

Mais ce n'était pas pour cela que j'avais vendu Élizabeth. Ce n'était pas une bonne œuvre que Patrice avait voulu accomplir. Il savait à quel point j'étais pressée, puisqu'il n'avait pas barré le chèque.

Au début de l'après-midi, je suis passée à sa banque. Jamais je n'avais eu autant d'argent dans mon sac.

Puis je me suis trouvée dans un magasin où les vastes miroirs reflétaient les moquettes grises et les chaises tendues de velours rouge. Une vendeuse distinguée me demanda sans sourire ce que je désirais. Elle m'installa devant un comptoir d'acajou et de peluche grise et revint avec une petite jeune fille dont les bras étaient chargés de fourrures. Je demandai les prix d'un air distrait. Leur annonce me glaça. Je n'avais pas assez d'argent.

— Remportez tout ça à la réserve, Mauricette, dit la vendeuse d'un ton sec.

Elle me demanda de patienter quelques instants et posa devant moi une revue luxueuse. Je la feuilletai machinalement. Étalée à travers une page, une petite bête brune me regardait de ses yeux brillants.

« Il n'y aurait pas de femme vraiment élégante, sans nous, les visons ! » disait la légende.

— Voilà un modèle exceptionnel, fit la vendeuse en revenant. Ce n'est pas, à vrai dire, une étole, mais elle est d'une souplesse et d'une longueur extraordinaire pour une écharpe. Et d'un prix !

Pour la première fois, elle se laissa aller à sourire :

— D'un prix vraiment très ajusté ! Que Madame juge elle-même.

Elle me mit l'étiquette sous le nez, comme si elle s'attendait à ce que je ne la croie pas.

— C'est on ne peut plus raisonnable. N'est-ce pas, Madame ?

Je hochai la tête. A peu de chose près, cela faisait le montant du chèque de Patrice. Je pris l'écharpe et la drapai sur mes épaules. C'était très joli. Le vison collait souplement à mon tailleur sans le charger et sans me grossir.

— Je la prends, dis-je lentement.

— Sans hésitation ! triompha la vendeuse. Croyez-moi, Madame, vous faites une bonne affaire. Vous la gardez sur les épaules ?

— Non. Je préfère l'enlever.

Je me regardai encore dans la glace.

— C'est du vison sauvage ?

— A ce prix-là, Madame ! Mais il faudrait compter le double, au moins ! s'écria la vendeuse scandalisée. Non, c'est du très beau vison ranch.

Peu importait. Je n'y connaissais rien. Je lui tendis l'écharpe.

— Une seconde, s'il vous plaît, fit-elle en me recouvrant les épaules. Je voudrais que notre directrice vous voie.

Elle alla vers le fond du magasin et appela :

— Madame Gervaise !

Un miroir tourna lentement, emportant avec lui l'image des moquettes et des sièges, et une énorme vieille femme, vêtue de noir, sortit du mur. La vendeuse se précipita vers elle :

— Madame Gervaise, je vous ai appelée pour que vous voyiez Madame qui emporte le 663 ! Regardez, ne lui va-t-il pas à ravir ?

La vieille femme me regardait de ses petits yeux vifs :

— Vous avez beaucoup d'élégance, Madame. Cela est rare chez une personne si jeune.

— Madame Gervaise aime les clientes qui portent bien, dit la vendeuse d'un ton confidentiel.

128

Une employée en blouse de lustrine s'appro-
chait.

— Je vous ai sonnée, Adrienne, il y a un
paquet à faire pour Madame, dit la vendeuse en
lui tendant l'écharpe.

Puis, elle se pencha vers moi et murmura
d'une voix navrée :

— Vous préférez régler en espèces ou par
chèque ?

— En espèces, dis-je en ouvrant mon sac.

— Alors, c'est par ici, dit-elle en me montrant
le chemin de la caisse.

La vieille femme l'appela et lui dit quelques
mots à l'oreille. Puis elle me salua, me dit :

— Je vous souhaite beaucoup de succès, Madame, et, de son pas lent, se dirigea vers le
miroir.

De nouveau, la glace tourna, entraînant le
décor, tandis que la lourde silhouette disparaissait.

La caissière remplissait la facture. La vendeuse me dit en souriant :

— Madame Gervaise vous fait une petite différence, regardez...

— Mais ! m'exclamai-je, étonnée.

— Elle fait toujours une remise aux clientes
qui mettent le modèle en valeur.

Mon paquet arrivait. La vendeuse me raccom-
pagna à la porte, soulagée de n'avoir pas manqué sa vente. Sur le seuil, elle me tendit le
carton en me disant :

— Vous verrez que vous en serez contente,
Madame. On a beau dire, rien ne vaut le vison.
C'est la Légion d'honneur de la femme.

DIXIÈME CHAPITRE

Paris est une ville étrange. On y vit pendant une existence entière, on y connaît tout le monde, on y est soi-même connu, et il suffit de changer un peu ses habitudes pour se croire transporté dans une ville étrangère.

Les gens qui se trouvaient dans la salle de l'Empire, le soir du Gala, faisaient partie de l'un des mille milieux de la capitale. Celui-là n'était pas le nôtre. François et moi, nous n'avions pas coutume d'entrer dans un cinéma sur un tapis de velours rouge, au milieu d'une double haie de gardes républicains et de plantes vertes. Les couples se saluaient autour de nous avec la familiarité lente et de bon ton de ceux qui se retrouvent chaque soir au cœur de l'actualité. Rien ne les étonne. Ils sont chez eux. Ils ne paraissent pas contents d'y être, mais ils souffriraient de ne pas y être.

L'ouvreuse nous installa à l'orchestre et je me crus au milieu d'un troupeau. Fauves, blancs, noirs, argentés ou bleutés, roses, dorés, les visons nous entouraient. Vieilles, jeunes, belles ou laides, les femmes avaient revêtu l'uniforme. Je me mis à haïr cette peau de bête contre laquelle j'avais vendu l'image de ma fille. Je sais maintenant que si un jour je dessine le portrait de l'Envie, ce sera une femme couverte de poils de vison et elle aura les griffes et les dents pointues de ce petit rongeur.

Nous essayâmes de mettre des noms sur les visages qui nous entouraient. Les femmes de cinéma étaient faciles à reconnaître. Mais comment deviner, derrière les plastrons blancs sans diversité, le critique, l'homme politique ou le producteur ? Les Verneuil tenaient salon dans une loge de côté. De face, Colombe était merveilleuse. Mais, quand elle se tournait de profil, elle prenait l'aspect monstrueux de ces oiseaux mythologiques annonciateurs de cataclysmes et buveurs de sang. Trois rangs devant nous, un académicien parlait à l'oreille d'un chanteur de charme, au-dessus des épaules rondes d'une jeune femme. Une bouffée de parfum me fit tourner la tête. Une longue créature vêtue de satin blanc s'engageait dans notre travée. Sans s'excuser, elle regardait les gens droit dans les yeux pour les faire lever, balayant les visages du nœud de sa tournure.

— Titi, on est très mal placés...

Le nœud se balançait devant mon nez. Je dus me lever.

— Est-ce ma faute, amie ? Si vous voulez faire un esclandre, nous n'avons qu'à demander le vestiaire. Nous irons dans un cinéma de quartier, répondit d'une voix de nez un immense blond aux manières lasses et distinguées.

Il s'était arrêté devant François, qui s'était levé à son tour, de sorte que nous avions l'air tous les quatre dans les bras les uns des autres.

— Veuillez gagner vos places, supplia l'ouvreuse.

— Insensé, dit la femme en s'asseyant à côté de moi.

J'attendis que le grand blond fût passé pour me rasseoir à mon tour.

— Voilà le menu, dit-il en lui tendant le programme.

— Pas faim, répliqua-t-elle en le repoussant de la main.

— Votre place à table vous a coupé l'appétit ?

— Chaque fois qu'on accepte de venir voir la pièce ou le film d'un ami, c'est la même chose ! Il vous colle au fond de la salle ou au paradis. Mais je m'en fous, du film de ce soir, je m'en fous !

Un rire anormal sortit de la gorge de son compagnon :

— Qu'elle est drôle ! Qu'elle est drôle ! Mais qu'elle est drôle ! s'écria-t-il au comble de la joie.

La longue créature bâilla et ne dit plus un mot.

Je continuai à regarder la salle. Au premier rang d'une loge, Sandra brillait. Elle avait eu raison de dire que tout serait parfait. Ses cheveux roulaient sur ses épaules mates, lançant des feux de pierres à chaque mouvement. Un frisson de fourrure blanche montait comme une aile derrière son dos nu. Et sa peau paraissait plus sombre, plus chaude, entre cette blancheur et celle des longs gants ceinturés de bracelets. Elle s'était arrangée pour être seule, en premier plan, s'étalant suffisamment pour que Mme Robin soit dans son ombre. Derrière elles, nous aperçûmes Robin et deux inconnus.

Si les regards de la salle entière montaient vers Sandra, sa beauté ne lui ralliait pas tous les suffrages. Sans indulgence, teintée d'ironie, l'attention de la grande ville était sur elle.

— C'est la protégée de Robin, dit notre voisin en la désignant de son menton pointu.

— Je me fous de la protégée de Robin, répondit la longue créature.

— C'est une jolie chose. Mais est-ce que ça sait jouer la comédie ? demanda un gros monsieur affligé de bajoues.

Les têtes tournées vers la loge de Sandra avaient quelque chose d'indécent et de barbare.

La salle s'obscurcit sur les curiosités, les inquiétudes, les indifférences. Pendant les actualités et le film de complément, les gens étaient d'une froideur qui me fit craindre pour le succès de Sandra. De temps en temps, un petit rire ironique se faisait entendre, rappelant qu'on n'avait pas affaire à une salle ordinaire. Ce public entre le monde et les arts craint de passer pour facile et d'applaudir à l'œuvre des amis et des confrères.

Quand le grand film inscrivit son générique sur l'écran, un mouvement indiqua que l'attention se resserrait.

Une vague vint mourir le long d'une plage déserte.

« C'era una volta, in Sicilia, una povera ragazza, in un povero borgo di pescatori... »

Au bout de la plage, loin du village, s'élevait une sorte de maison sans étage en terre battue. La porte était fermée par un sac, une main passait, le soulevait et une fille sortait.

C'était Sandra. Ses cheveux défaits, sa robe déchirée, ses pieds nus et ses jambes griffées par les rochers, elle était bien différente de la poupée en robe blanche posée au balcon. Mais, à peine l'avais-je vue, je savais qu'elle avait gagné. Elle avait gagné parce qu'elle se présentait à Paris telle qu'elle était. Si elle était venue jouer une vamp ou une princesse, le public de ce soir-là aurait dit qu'elle avait l'air d'une paysanne et qu'elle manquait de distinction. Mais, dans ce rôle misérable où il la voyait vêtue de loques, elle qui brillait sur toute la salle, il allait dire qu'elle avait la race d'une reine. Les spectateurs ne capitulèrent pas tout de suite. Il y eut encore dix minutes de fraîcheur. Puis, à une expression de Sandra, une femme éclata de rire. Une minute plus tard, le gros homme à bajoues dit à sa voisine :

— Charmante, n'est-ce pas ?

Sandra eut un gros plan où elle était particulièrement belle et la glace fut rompue. Après cela, ils rirent, s'amusèrent et, à la fin, quand elle fit retomber sur elle le rideau de sa porte, je crois que beaucoup se laissèrent aller à pleurer.

Le retour de la lumière déchaîna l'enthousiasme. Sandra était devenue la passion du moment. Le Tout-Paris est une Parque qui fait et défait ses idoles en un soir. Ensuite, la ville entière tombe amoureuse, mais avec cette fantasque les liaisons sont plus fréquentes que les mariages.

Tournés vers le balcon, les gens applaudissaient et criaient bravo avec frénésie. Notre voisin hurlait littéralement, projetant sa pomme d'Adam en avant. La longue créature essayait de l'entraîner.

— Soyons les premiers à féliciter cet amour de Robin, disait-elle.

François et moi, nous étions debout et nous applaudissions comme les autres. Ce devait être grisant et émouvant pour la paysanne de tout à l'heure d'avoir enlevé cette place forte d'un seul assaut. Une petite forme blanche se dressa à son balcon. Sandra salua la salle de son gant de satin. Les applaudissements redoublèrent. François me dit à l'oreille :

— Essayons de nous faufiler pour la rejoindre avant la ruée.

Nous nous sommes glissés au milieu des bravos qui crépitaient toujours. Nous avons monté en courant l'escalier qui menait aux loges. Devant la sienne, un garde républicain nous a arrêtés.

— Mais nous sommes des amis de Mademoiselle Tiepola ! protesta François.

— Ah ! elle en a des amis, ce soir, a ricané le garde, qui sentait le vin.

A ce moment, les portes des autres loges se sont ouvertes, le public est sorti. Des photographes montaient l'escalier, des photographes descendaient des étages, des photographes couraient le long des couloirs. C'était une véritable folie. Un gros homme ne cessait de répéter :

— Je la prends en exclusivité ! Je la prends en exclusivité !

Robin passa près de nous sans nous voir. Il exultait. Sa femme eut un mouvement de contentement en me voyant :

— Quelle corvée ! dit-elle, je déteste ça !

— Ah ! bonjour, dit son mari en nous serrant distraitement la main.

Puis, il s'aperçut qu'un groupe de reporters assiégeaient Sandra qui sortait de sa loge.

— Je vous en prie ! Ayez pitié de Mademoiselle Tiepola ! Elle est à bout de forces ! cria-t-il en se tordant les mains.

Puis il ajouta de façon à être entendu :

— L'issue de secours, il ne nous reste plus que l'issue de secours !

Sandra était inatteignable. La foule élégante, plus brutale que celle du métro, se pressait autour d'elle dans une mêlée où les flashes semblaient être des armes.

— Bernard chéri, votre découverte est merveilleuse! glapit la longue créature derrière nous. Nous avons passé une soirée inoubliable!

— Ne nous quittez pas, lui répondit Robin, nous soupons ensemble.

A ce moment, il y eut une éclaircie comme il y en a dans les tempêtes. Sandra nous apparut, radieuse, épanouie au milieu de la foule entrouverte. Elle jaillissait de sa robe blanche de fiancée de la gloire. Elle nous vit et cela lui fit plaisir. Elle leva un bras vers nous en poussant une exclamation. Un photographe se précipita, un éclair jaillit et la barrière se referma autour d'elle.

— Partons, dit François.

Au bas de l'escalier, nous avons rencontré Marie de Maurieu. Elle était avec son troisième frère, vieux fils de famille anodin qui n'avait ni son génie ni son agressivité.

— Quel beau film! nous dit-il.

— Voyons, Hugues, c'est un infâme mélo! Tout le monde crie au miracle parce que la petite actrice est gentille. Mais il ne faut pas confondre.

Pas de sourire, pas d'indulgence, pas de bonté...

— Je quitte Paris, dit-elle sans nous regarder.

Pour la première fois depuis que je la connaissais, je trouvais Marie admirable. Le malheur et l'approche de la mort ne la changeaient nullement. Elle avait pour moi le même mépris hautain, pour François la même amitié distante. Elle allait mourir comme elle avait vécu.

— Je quitte Paris, disait-elle simplement au bas des degrés de velours rouge, et cela voulait

dire qu'elle quittait la vie, que nous ne la ver-
rions plus. Cela était un adieu.

— Vous reverrai-je au bureau ? demanda
François d'une voix qui tremblait un peu.

— Non, je n'aurai pas le temps de venir avant
mon départ, dit-elle brusquement.

Puis elle lui tendit la main sans parler.

— Bonsoir, madame, me dit-elle avant de
s'éloigner dans la nuit, sa haute silhouette drapée dans son manteau dominant son frère de
toute sa tête droite.

C'était une belle sortie.

Mais nous l'avons vite oubliée. Dans la voiture, en rentrant à la maison, nous n'avons presque pas parlé. Nous pensions à Sandra.

— *Quest'anno sarà quello di Sandra Tiepola...*
Elle ne vivrait plus de la petite vie des autres.
Entre elle et le monde, il allait y avoir le groupe
de tous ceux qui étaient attachés à sa réussite.

— Sandra, dormez, vous tournez demain de
bonne heure, dirait son docteur.

— Sandra, sortez, nous avons besoin qu'on
vous voie, dirait son producteur.

— Sandra, ne mangez plus, dirait sa masseuse.

— Sandra, souriez, Sandra, pleurez, Sandra, prenez l'avion, Sandra, à cheval, Sandra,
parlez anglais, Sandra, dansez, Sandra, souriez, Sandra, pleurez, Sandra, devenez célèbre,
Sandra, gagnez de l'argent, encore, encore,
encore...

Il n'y aurait plus jamais de place pour le gentil
traducteur. Seulement dans les souvenirs...
J'avais voulu que le destin choisisse le dénoue-
ment, et il l'avait choisi. François me restait. Un
peu triste, les épaules un peu courbées, mais
tout à moi.

A l'heure où Sandra arrosait son succès de champagne avec de nouveaux amis utiles à sa carrière, je suis allée dans notre cuisine. J'ai sorti deux tranches de jambon, une salade et une bouteille entamée du frigidaire et je les ai portées sur un guéridon du salon.

François me restait. Avec son silence, ses regrets. Avais-je finalement perdu ? N'avions-nous pas perdu tous les trois ? Oui, c'était cela. Je regardai François avec tant de force qu'il leva la tête et me sourit comme quelqu'un pris en faute.

— C'est gentil, ce petit machin de fourrure, dit-il en désignant mon écharpe. Il me semble que je ne l'avais pas encore vu ?

Mon luxe, ma folie étaient pelotonnés sur un fauteuil comme une bête misérable. Mais aucun vison mort cousu à d'autres visons morts ne pourrait me réchauffer du froid de cette tache blanche sur le mur où Élizabeth avait mangé sa tartine.

ONZIÈME CHAPITRE

Nous attendions l'heure du dîner dans la grande pièce, le lendemain soir, à Chauvry. Le temps avait été froid, un brouillard flottait sur le jardin. Je songeais que, bientôt, il faudrait fermer la maison, retourner à Paris avec Hortense, Élizabeth et Aristide.

Il avait plu, dans l'après-midi, quand nous étions allés en forêt avec François. Nous aimions ce temps gris et cette odeur de pourriture qui montait de la terre et des feuilles trempées, mais ce n'étaient là que les signes annonciateurs d'une saison plus rigoureuse.

Nous étions tout près de la cheminée, fuyant les courants d'air qui glissaient sous les portes. Je venais de coucher Élizabeth et je lisais distraitement quand Aristide se dressa sur ses pattes et s'approcha de la porte-fenêtre en grondant entre ses dents. François leva la tête.

— Quelqu'un ? demanda-t-il.

J'allai soulever le rideau blanc pour regarder dans le jardin. Le brouillard était si dense que je ne reconnaissais aucune des formes familières. Mais Aristide grondait toujours. Soudain, je vis une silhouette qui avançait vers moi. Ce ne fut que lorsqu'elle arriva dans la zone de lumière que je reconnus Sandra. Je criai son nom avec stupéfaction. François se trouva à mes côtés et nous ouvrîmes la porte. Sandra entra et, en l'embrassant, je trouvai sur ses joues toute la fraîcheur de l'hiver.

Je ne sais comment elle nous expliqua qu'elle avait voulu passer le dimanche tranquillement avec nous. Son arrivée dans la nuit et le brouillard était trop inattendue pour ne pas nous bouleverser. Pour la première fois, nous venions de nous tutoyer toutes deux. Je compris qu'elle avait une voiture à sa disposition depuis la veille et qu'elle s'était fait déposer à Chauvry dès qu'elle avait pu quitter Paris. Nous étions affolés. Je courus prévenir Hortense et préparer la chambre d'ami. Pendant ce temps, Sandra et François allèrent dire au chauffeur qu'il pouvait regagner Paris.

Je montai faire le lit tandis qu'Hortense se débattait avec son placard à provisions. En prenant les couvertures dans l'armoire du couloir, je passai devant la fenêtre. Les lumières du rez-de-chaussée luttaient avec le brouillard. Sortant de la nuit, je vis François et Sandra qui venaient vers la maison. Mais la brume était trop dense pour que je distingue autre chose qu'une seule ombre. Je quittai la fenêtre en réprimant le désir de descendre les retrouver. Je fis le lit lentement en essayant d'oublier qu'ils étaient tous deux tranquilles dans la grande pièce. Quand je descendis, Sandra était assise à ma place, au coin du feu. François était près d'elle sur une chaise basse. Aristide ne grognait plus. Il avait compris que la nouvelle venue était une amie et qu'il fallait être aimable. Je rajoutai un couvert. Sandra proposa de m'aider et se leva. Je refusai son offre et François la fit rasseoir en posant sa main sur son poignet.

— On peut avoir à boire ? me demanda-t-il.

Il ne pouvait pas bouger de sa place. Il était attaché aux pieds d'une Sandra qu'il avait cru ne jamais revoir. Je sortis des verres, les posai sur un plateau, allai chercher des bouteilles à la cuisine. Tout était remis en question par la visite de Sandra. Si elle était revenue, rompant les digues du succès et de ses nouvelles contraintes, c'était parce qu'elle avait toujours besoin de lui. Et, pourtant, je ne me sentais ni triste ni inquiète. Quand je revins, ils ne parlaient plus. Sandra semblait rêver devant le feu. François aussi. Il resta rêveur ainsi toute la soirée. Quant à elle, elle retrouva sa vitalité lorsque nous passâmes à table. Cette nuit-là, je crois que nous avons brûlé une forêt. Nous jetions les bûches sur l'écroulement des braises et la chaleur se répandait autour de nous.

Pendant le dîner, Sandra parla sans presque s'arrêter. Elle s'était trop étudiée la semaine précédente. Elle avait trop ménagé ce qui était utile à sa carrière. Elle avait besoin de se laisser aller sans contrainte.

— *Mi sembra di ritrovarmi a casa*, dit-elle gentiment en caressant la tête docile d'Aristide.

À qui raconte-t-on sa vie, sinon à ceux que l'on aime ? Je compris pourquoi je n'étais ni triste ni inquiète, ce soir-là. Je sentais trop d'amitié entre nous. Elle brillait d'une flamme aussi claire que celle qui montait des bûches dans la cheminée.

Hortense avait depuis longtemps débarrassé la table et la pièce sentait la fumée quand nous regardâmes l'heure. Il était deux heures et demie. François déclara qu'il était idiot de veiller si tard et dit qu'il allait se coucher. Je restai seule avec Sandra. Elle voulut fermer la maison avec moi. Nous marchions sur la pointe des pieds pour ne pas réveiller Élizabeth et Hortense. Aristide me fit pitié et je le laissai dormir au coin du feu mourant. Nous sommes allées boire de grands verres d'eau fraîche à la cuisine. J'ai éteint les lumières du rez-de-chaussée et nous sommes montées au premier étage en portant la petite valise de Sandra. Comme nous débouchions sur le palier, François sortait de la salle de bains en robe de chambre. Il était si tard que tout devenait irréel. Il nous a embrassées l'une et l'autre sur le front, de ces baisers légers que l'on donne aux petites cousines. Il nous a dit bonsoir comme si nous allions rester toutes les deux. Je le comprenais, je ne me sentais pas le courage de quitter Sandra pour le rejoindre aussitôt dans son lit. Je la conduisis à sa chambre et lui montrai la salle de bains. Elle voulut me suivre chez Élizabeth et se pencha avec moi dans l'obscurité sur le petit lit. Puis je l'aidai à déballer ses affaires, veillant à ce qu'elle ne manque de rien, et nous restâmes encore un temps infini à bavarder. Nous parlions à mi-voix, comme deux écolières à qui l'on a dit de dormir. Le tutoiement nous était devenu familier. Je m'étais assise sur son lit, en tailleur, et je lui fis des nattes que je nouai avec des rubans d'Élizabeth. Pendant qu'elle se déshabillait, j'allai faire ma toilette. Elle me rejoignit dans la salle de bains en une tenue de pensionnaire, ses deux tresses tombant sur une modeste chemise de nuit de linon blanc et rose. Nous nous embrassâmes et je gagnai ma chambre. Un souffle régulier montait du lit. François dormait paisiblement. Et, bientôt, toute la maison allait dormir comme lui.

Des éclats de voix et des rires me réveillèrent. Les volets étaient encore tirés, mais je devinais que le soleil était derrière eux. Je me levai et allai les pousser. Sandra, François et Élizabeth jouaient à la balle dans le jardin. Tout d'abord, ils ne me virent pas. Ils avaient l'air d'une famille heureuse. Sandra était encore en robe de chambre, mais François et Élizabeth étaient habillés.

— *Ciao!* criai-je.

Ils levèrent la tête ; Sandra et la petite fille se mirent à parler en même temps. Elles éclatèrent de rire et la jeune femme souleva Élizabeth dans ses bras.

— J'ai déjeuné avec Pap et la Dame ! Elle m'a fait des tartines ! dit Élizabeth.

— *Siamo già tanto amiche!*

Je quittai la fenêtre et allai faire un peu de toilette avant de descendre. En bas, je trouvai mon couvert mis. Sandra me servit avec tant de prévenances et d'attentions, que je me crus, moi aussi, dans sa maison. Élizabeth se serrait contre moi en me disant tout bas que la Dame était belle.

François était désolé de ne pouvoir rester tout l'après-midi avec nous. Il avait pris la veille rendez-vous avec Vergaux, pour discuter d'une importante question d'édition. Je proposai à Sandra de faire une promenade en forêt, mais, à la grimace qu'elle me fit, je compris que la marche avait peu de charmes pour elle.

Nous fîmes très lentement notre toilette. J'avais dit à Hortense de tout préparer pour le déjeuner et de s'en aller. Je voulais faire manger Élizabeth seule pour pouvoir la coucher et être tranquille, mais elle fit une petite moue si pleine de larmes que j'en eus le cœur déchiré et je lui permis de rester avec nous.

Le déjeuner se passa délicieusement. Nous avions ouvert les portes-fenêtres de la grande salle et poussé la table dans un carré de soleil. Nous avons mangé les dernières crudités de l'année. Des tomates pâles, des olives, des céleris avec leurs feuilles tendres. La tristesse de François semblait s'être dissipée. Il suffit parfois d'un changement de temps pour que la vie paraisse plus gaie.

Sandra voulut coucher Élizabeth pendant que je desservais la table. Ce fut très long et très drôle. Je les entendais rire de la cuisine. François lisait une revue dans la grande pièce. Quand je suis montée dans la chambre de la petite fille, elle me dit :

— La belle Dame comprend rien de ce que je lui dis. Elle sait pas ce que c'est que des pantoufles ! Elle est grande, pourtant !

Je tâchai de lui expliquer les différences de pays et de langues. Alors elle se serra contre moi, et me dit à l'oreille :

— Moi, je crois que c'est une fée.

Nous sommes redescendus au soleil et François a dû partir pour Montmorency. Nous sommes restées seules. Un peu endormies par la chaleur, allongées sur des chaises longues au soleil et défendues du froid par la maison.

Sandra chantonnait, moitié rêvant. Moi, je me laissais emporter par le sommeil en la regardant. Elle avait une de ces voix de femme que l'on a plaisir à écouter chuchoter. Les yeux mi-clos, je la regardais. Étendue sur sa chaise longue, elle était étonnamment naturelle. Les hommes et le public étaient loin, elle ne se surveillait pas. Elle reprenait des forces pour de nouvelles batailles au soleil d'un jardin désert. Ses cheveux jouaient autour de son visage sans fard et elle était d'autant plus séduisante qu'elle ne cherchait pas à plaire. Elle chantonnait toujours au gré de sa fantaisie. Et je sais seulement que, soudain, je me trouvai assise sur une chaise dure avec mon bloc de dessin et un crayon entre les mains. Je ne pensais pas à ce que je faisais. Une sorte d'instinct me préservait, m'interdisant de me poser des questions. Il fallait que je dessine, et que je dessine machinalement, sinon je serais retombée dans mes angoisses et ma stérilité. Je sentis soudain, à un arrêt dans la chanson de Sandra, qu'elle s'était rendu compte que je la dessinais et qu'elle essayait de voir ce que je faisais. Je lui fis signe de ne pas s'en préoccuper et elle retomba dans son état d'euphorie chantante. Je m'attachais seulement au visage. C'était lui qui m'intéressait avec tout ce qu'il portait de noblesse, d'ambition, d'arrivisme, de vie et de sensualité. Tout cela couvert d'une très grande beauté. Et ce visage m'était familier. Non parce qu'il était celui de Sandra mais parce que je l'avais déjà rencontré au bas d'une fresque, au coin d'un tableau. Visage d'une pauvre fille du quattrocento, venue s'asseoir dans l'atelier d'un peintre avant de retourner à sa misère. Visage anonyme de générations de femmes mortes. D'un côté la poussière et l'oubli, mais de l'autre un ange sur la toile, et qui traverse les siècles, le poing armé d'une fleur.

Je dessinai si longtemps que je ne sentis pas tout de suite que le soleil avait tourné. Mais quand Sandra fut dans l'ombre, elle me fit vite savoir qu'elle ne voulait plus poser.

Elle vint se pencher sur mon épaule et s'étonna que je n'aie fait qu'un seul dessin en un si long temps. Je m'attendais à des exclamations, mais elle regardait son image avec sérieux.

— Joli, dit-elle enfin, très joli.

Puis, elle ajouta :

— *Vuoi bene a l'Italia, tù, vero ?*

A ce moment, une petite voix dit à l'étage supérieur :

— Maman ! Maman !

Je montai lever Élizabeth et la redescendis avec moi. Nous avons poussé les chaises longues à l'intérieur, fermé les portes et allumé le feu. Puis nous avons religieusement accompli toutes les trois, dans la cuisine, la cérémonie du goûter. Nous avions mis le couvert pour le dîner. La grande pièce était déjà réchauffée par le feu. C'est alors que François est arrivé.

Là aussi je ferme les yeux et je revois la scène...

Élizabeth et le chien jouaient dans un coin. Sandra était allongée auprès du feu. C'est elle qui a tendu la main et qui a dit à François de regarder ce que j'avais fait. Comme elle était belle alors, à la lueur douce de la lampe, avec ce fond de flammes qui dansaient derrière elle dans la cheminée... Plus belle que jamais personne ne pourra la décrire ou la peindre. Et, de sa main nonchalante, elle armait le destin contre elle.

— *Guardi, guardi*, disait-elle en désignant la feuille que j'avais laissée traîner sur une table.

François obéit distraitement à son invitation et je sentis mon cœur se serrer. Debout devant lui, j'attendais son verdict dans un silence qui me parut éternel. Il tenait le dessin dans ses mains. Jamais il n'avait dû regarder le visage de Sandra avec plus de ferveur.

« Comme il l'aime », pensai-je.

Le silence se faisait plus pénible. J'aurais voulu que les flammes viennent chercher le dessin pour le détruire. C'est alors que m'arriva la voix de François :

— Je te retrouve...

— François !

J'avais à peine murmuré ce cri de détresse et d'espoir. Mais sur son visage, toujours penché sur le réseau de lignes à l'image de notre tourment, je lus ma réussite. Je savais que François pouvait se taire mais non me mentir.

— Je te retrouve... me disait-il, alors que, moi, je croyais l'avoir perdu.

Une porte s'ouvrit devant moi et toute ma force se jeta vers l'avenir. La vie m'était permise. Il y avait des pommes, des herbes folles dans le vent, des visages d'hommes et de femmes, des lumières d'été, il y avait les bleus innombrables du ciel, et cela m'était rendu. Il y aurait d'autres Élizabeth aux joues beurrées, d'autres dessins poudrés de poussière noire, d'autres toiles sentant bon le vernis frais... Tout n'avait pas été détruit. Et le courage se répandit sur moi comme une bénédiction.

François gardait le dessin entre ses mains. Mais il quitta des yeux le visage de Sandra pour le mien. Et je compris que cela aussi m'était rendu. A travers cette petite feuille de papier, c'était moi qu'il aimait. Il n'avait pas eu besoin de parler pour que je comprenne que son amour s'en allait. Ce soir-là il pouvait se taire. Son amour était là. Je le lisais dans ses yeux qui cherchaient à tirer une réponse des miens.

Il n'y avait plus de choix, plus de victoire, il n'y avait plus que ce qui devait être et cela était bien.

Nous étions seuls dans la pièce. Sandra avait entraîné le chien et la petite fille sans que nous ayons rien vu, rien entendu.

Nous les avons trouvés dans la cuisine. Sandra avait installé Élizabeth sur sa chaise et noué sa serviette sous son menton. Elle aussi avait tout compris. Elle était douce, plus pénible qu'un reproche. A notre entrée, elle me demanda sans lever la tête ce qu'il fallait donner à Élizabeth pour dîner. Alors François se frappa le front. Il avait oublié de nous annoncer que les Vergaux venaient pique-niquer avec nous dans moins d'une heure.

Ce fut une heureuse diversion. Il fallut s'affairer, coucher rapidement Élizabeth, ajouter deux couverts, ouvrir des boîtes de conserve. Les Vergaux arrivèrent, amenant du bruit, du froid, du rôti de porc et des bouteilles. Mais, surtout, ils étaient là, leur amitié ignorante s'interposant entre la réalité et nous. Sans eux, qu'aurait été la soirée entre ces trois personnes qui savaient tout les unes des autres sans avoir eu besoin de parler ? Je suivais la conversation, mais, de temps en temps, mon cœur battait. Je revoyais l'expression de François, une voix me disait : « Je te retrouve... », la vie était simple... et Sandra si douce.

A peine les Vergaux furent-ils partis que nous montâmes nous coucher. Nous n'avons pas traîné comme la veille. Sandra nous dit qu'elle mourait de sommeil et nous embrassa avec un naturel admirable devant sa porte. C'était son métier de jouer la comédie, n'est-ce pas ? Je suivis François dans notre chambre. J'aurais voulu rêver dans le noir de mon miracle, en parler tout doucement. Mais François referma ses bras sur moi avec tant de violence que les larmes m'en vinrent aux yeux. Je ne pouvais oublier cette jeune femme solitaire qui reposait dans la chambre de l'autre côté du couloir. J'aurais voulu

que tout restât pur cette nuit-là. Mais je ne pouvais pas non plus résister au pouvoir de cette
bouche entrouverte. Je nouai mes mains sur la
nuque de François et n'offris à Sandra que l'amitié de mon silence.

DOUZIÈME CHAPITRE

Le lundi matin, nous l'avons déposée à son hôtel. Elle était douce, si douce... Et le silence dans la voiture pendant le trajet de retour... Une seule chose avait paru lui faire plaisir et l'animer. Elle m'avait demandé le dessin. Je m'en étais séparée avec regret. Mais je ne pouvais le lui refuser.

— Tu en feras d'autres... me dit-elle.

Il y eut deux jours de silence. Puis le téléphone sonna. Pourquoi ai-je toujours le cœur serré en songeant à ce coup de téléphone ?

C'est François qui a répondu. Je levai la tête en l'entendant parler italien. Il se tut et me tendit l'écouteur. Trop haute, trop gaie, trop heureuse, la voix de Sandra semblait réciter une leçon. Une leçon qui sonnait faux. Comme ce besoin de rentrer à Rome le lendemain même. Elle avait tellement perdu son temps à Paris. Elle n'était pas à un jour près...

— Il faudra aller à la gare, dit François.

Je ne la revis que sur le quai.

Rien ne pouvait être plus triste que les adieux publicitaires de cette nouvelle star. En tailleur de voyage, elle avait sur le bras le vison, à la main la mallette de bijoux, sur le nez les lunettes noires de l'incognito et, sur ses ravissants cheveux qu'elle avait roulés, un ridicule chapeau de diva. Elle régnait sur une montagne de valises,

assistée par cinq ou six messieurs qui paraissaient la connaître très bien et qui nous étaient
inconnus. Elle nous salua gentiment et rapidement, affairée à donner des instructions aux
messieurs dont la sollicitude s'exprimait en
français et en italien. La boîte d'orchidées arriva
au bon moment dans son papier cristal, précé-
dant Robin qui s'épongeait le front. Il embrassa
paternellement Sandra, la prit à part deux minutes, puis fit une tournée hâtive de poignées de
main.

— Je suis très inquiet, dit-il aux messieurs, je
ne vois pas les photographes.

Heureusement, ils arrivaient en courant. Sandra monta dans le train, enleva ses lunettes et
fit le traditionnel geste de la main à la portière.
Le quai devenait plus agité. Sandra était redes-
cendue. Les messieurs serrèrent et baisèrent sa
main gantée. Dans un geste d'énervement, Sandra arracha son chapeau et le tendit à l'un d'eux.

— Les voyageurs en direction de Lyon, Lau-
sanne, Brigue, Domodossola, Milan et Rome, en
voiture !

Les messieurs montèrent et descendirent avec
affolement, porteurs du vison, de la mallette et
des orchidées. Sandra s'approcha de nous. Je
détournai la tête quand elle embrassa François.
Quand nous nous embrassâmes toutes deux, je
vis que son visage tremblait. Je sentis son beau
regard au fond du mien. Il y avait tant de choses
qui n'avaient pas été dites ! Elle serrait mes
mains sans se détacher de moi.

— Attention au départ ! dit le haut-parleur, et
nos mains durent s'ouvrir.

Sandra sauta sur le marchepied et ses cheveux commencèrent à se dérouler sur sa nuque.
Elle courut à une vitre et, de nouveau, sourit

pour les photographes. Le train s'ébranla. Robin et les messieurs criaient des « *arrivederci* » sur le quai. Sandra pencha la tête, retrouvant son visage au milieu de ses cheveux défaits.

— Adieu ! cria-t-elle.

Et c'était moi qu'elle regardait puisque moi seule savais le prix des larmes qui faisaient briller ses yeux.

Le train prit de la vitesse, secouant sa chevelure noire qui se perdit dans la nuit.

C'était fini.

— On n'a plus rien à faire ici, me dit François.

Les hommes ne s'arrêtent pas comme nous. Le temps passe plus vite pour eux et les trains qui partent effacent souvent leurs regrets. Moi, je me sentais molle, comme après une de ces opérations qui touchent le centre même de la vie. Les messieurs avaient disparu.

— Excusez-moi, je suis très pressé, avait dit Robin.

D'autres trains allaient partir. Des gens se retrouvaient. Nous avons gagné la sortie. Une marchande de journaux poussait sa petite voiture le long du quai. Accrochée à son éventaire, il y avait une photo de Sandra sur la couverture d'une revue. En robe blanche, le bras levé, un sourire de bonheur sur les lèvres.

« Rome salue Paris par la grâce de Sandra Tiepola », disait la légende.

Je m'arrêtai, saisie par un souvenir :

— Regarde, François, cette photo a été prise le soir du Gala, quand Sandra nous a aperçus et nous a fait signe...

— Penses-tu, dit François en m'entraînant.

Mais moi, je savais que cela était vrai. La même image nous salua aux kiosques à journaux de la gare, à ceux de la cour. Et je sentais la mélancolie me gagner à marcher au milieu de cette haie souriante formée par le visage de celle qui n'avait pu être mon amie.

En arrivant devant la voiture, François posa sa main sur mon épaule avec l'infinie gentillesse de ceux qui se préparent à un aveu.

— Monte, assieds-toi, ferme les yeux et laisse-toi guider dans la nuit.

Je m'installai sans dire un mot. L'heure était donc venue.

— J'ai une histoire à te raconter, dit François en prenant place à mes côtés. Oui, une histoire assez longue... Mais, pour cela, il me faut du calme, un feu de bois et une auberge.

Je n'ai pas fermé les yeux, comme il me le demandait. Mais je n'ai cependant pas vu la route que nous avons suivie. J'attendais l'aveu de François, il me semblait presque l'entendre.

Je ne lui ai pas posé de questions. Pas même devant le feu de bois. Pas même à table. Je le laissai commander pour moi. Je le regardais. Il avait l'air ému, gêné, timide. Je pris deux ou trois cuillerées de potage. Il posa sa main sur la mienne.

— Écoute... il faut que je te dise...

Je fixais un point noir, loin devant moi, plus loin que la chevelure flottante de Sandra. Je n'avais pas peur, j'avais mal. François avait commencé à parler. Tout à coup, j'entendis ce qu'il disait et mon regard revint sur lui.

— Je veux réussir ce livre, disait-il ardemment. Il le faut, chérie, j'en ai besoin. Je suis à l'âge où un homme doit réussir ce qu'il entreprend !

Un train roulait vers le sud, emportant ma pensée, mais, depuis longtemps déjà, François vivait une autre aventure. Il était amoureux.

Amoureux d'un nouveau roman. Les femmes pourraient passer dans sa vie, il resterait le même. Fixé sur son métier et son avenir. Et pourtant il l'avait aimée. J'en étais sûre. J'écoutais son histoire de toutes mes forces, cherchant à travers ses nouveaux rêves des traces de Sandra.

Mais il n'y avait pas de passante aux longs cheveux dans ses propos. Il n'y avait qu'un homme qui voulait devenir lui-même et qui se débattait dans la grande ville. C'était peut-être cela, la marque de Sandra. Elle lui avait donné un goût féroce de réussir. Mais ce goût était tellement détaché d'elle que la qualité de mon chagrin en fut gâchée. Avais-je donc rêvé pendant ce trop long, ce trop lourd mois de septembre ?

— Tu ne m'écoutes pas ! dit François.

— Oh ! si, je t'écoute.

Je le regardais comme j'aurais regardé Chauvry après un incendie. Et je m'étonnais de trouver chaque chose à sa place. J'avais devant moi le garçon qui avait tout exigé de moi lorsque je l'avais connu six ans plus tôt. Je l'avais aimé. Je l'aimais. Et je lui devais toujours tout. Il voulait à chaque instant me trouver attentive à sa vie. Parce qu'il était un vrai mari. Le mien. Pauvre Sandra. Tant de chagrin pour laisser un homme intact. Pauvres petites. Les hommes sont faits pour le combat et nous sommes faites pour eux.

François parlait toujours et les choses rentraient dans l'ordre.

L'ordre.

L'année glissa sur mon trouble, septembre revint et passa. Maintenant nous allons vers le printemps.

Je ne peux m'habituer à cet ordre. Je demande :

— Tu m'aimes ?

Et François répond :

— Oui.

Je regarde autour de moi et je m'étonne de trouver les choses et les gens fidèles à leurs promesses.

Marie est morte. Les arbres grandissent auprès de notre moulin, Élizabeth grandit sous leurs ombrages. Il y a l'air pur des champs et la bataille de Paris.

Il y a Sandra, pauvre étoile, au fronton de son temple fragile.

Tout est rentré dans l'ordre.

Le même sommeil, le même souffle...

Mais, du fond de ce bonheur, je sens monter l'odeur des feuilles pourrissantes de septembre et je retrouve ce visage que je ne dessinerai jamais plus, mais que je garderai, fidèle, tout au long de ma route avec l'homme que j'aime.

2395

Impression Brodard et Taupin
à La Flèche (Sarthe) le 7 juin 1988
6512-5 Dépôt légal juin 1988
ISBN 2-277-22395-6
Imprimé en France
Editions J'ai lu
27, rue Cassette, 75006 Paris
diffusion France et étranger : Flammarion